天骄故里汉语传

——在蒙古国教汉语

刘丽颖 著

北京语言大学出版社
BLCUP

图书在版编目 (CIP) 数据

天骄故里汉文传：在蒙古国教汉语 / 刘丽颖著．—北京：北京语言大学出版社，2013.1
ISBN 978-7-5619-3450-0

Ⅰ.①天… Ⅱ.①刘… Ⅲ.①随笔—作品集—中国—当代 Ⅳ.①I267.1

中国版本图书馆 CIP 数据核字（2013）第 014429 号

书　　名： 天骄故里汉文传——在蒙古国教汉语
TIANJIAO GULI HANWEN CHUAN——ZAI MENGGUGUO JIAO HANYU
责任编辑： 李佳琳
责任印制： 姜正周

出版发行： 北京语言大学出版社
社　　址： 北京市海淀区学院路 15 号　　**邮政编码：** 100083
网　　址： www.blcup.com
电　　话： 发行部　010-82303650 / 3591 / 3648
编辑部　010-82301016
读者服务部　010-82303653 / 3908
网上订购电话　010-82303668
客户服务信箱　service@blcup.com
印　　刷： 北京中科印刷有限公司
经　　销： 全国新华书店

版　　次： 2013 年 3 月第 1 版　　2013 年 3 月第 1 次印刷
开　　本： 787 毫米 × 1092 毫米　1/16　**印张：** 14.5
字　　数： 181 千字
书　　号： ISBN 978-7-5619-3450-0 / H·13001
定　　价： 68.00 元

离家去国路三千，

不论和亲不论禅。

乐得行吟多历览，

天骄故里汉文传。

目　录

附录：蒙古教学论文

序

吴新英

2011 年金秋，收到刘丽颖老师的邮件。她利用暑假，将在蒙古工作、生活的情况进行了整理，加论文和图片，完成了超过十万字的书稿，希望我能为其书写序。我认真地阅读了她随邮件发来的题为《天骄故里汉文传——在蒙古国教汉语》一书的目录及部分文章。此书向我们展现了她在蒙古国任教期间，时刻鞭策自己做一名完美的中国教师，做一个代表中国人美好形象的，健康、友好、博学、儒雅的精彩读本的心路历程及实践。

刘丽颖同志任教于辽宁省抚顺师范高等专科学校，副教授；世界汉语教学学会会员，中国书法家协会会员，抚顺市书法家协会副主席。2009 年 1 月至 2011 年 1 月，受教育部国家汉办委派，到蒙古国立教育大学东方语言文学系教授汉语。此时，我正在中国驻蒙古国大使馆文化处任文化参赞，负责中蒙两国间的文化、教育交流等工作，与丽颖老师多有接触。她热爱祖国，在异国他乡，注重塑造中国教师敬业、真诚、博学、友好的良好形象；她对待教学积极、认真，想方设法提高蒙古学生对汉语学习的兴趣，加深对中国文化的了解。在周课时 20-28 节的情况下，高质量地完成蒙古国立教育大学的汉语教学任务；她发挥自己的特长，将中国书法艺术教授给蒙古大学生；她与蒙古国教师真诚合作，共同致力于汉语教学水平的提高，得到所在学校师生的尊重与好评。蒙古大学生们称她是好老师、好朋友。她利用课余时间，认真完成中国大使馆、国家汉办交给的中国文化的宣传、推广工作，是一位积极、热情、友好的中华文化使者。

总之，这是一本有特色、值得一读的好书。无论是曾经和丽颖老师有过相同经历的海外汉语教师，还是即将奔赴海外传授中华文化的汉语教师，都能从中获得有益的启示和精神滋养。

2012 年 1 月

前言

努力做一个精彩的中国读本

2009 年 1 月至 2011 年 1 月，受国家汉办委派，我到蒙古国立教育大学东方语言文学系任教，教授汉语。两年的时光，竟不似行前设想的那样漫长，700 多个日日夜夜，有孤寂和乡愁，有调整和适应，更多的是充实和忙碌。在工作和生活的点点滴滴中，我能真切地感受到作为一个中国人的骄傲，作为一名“文化使者”的光荣；在汉语教师的岗位上，播撒爱和阳光的同时，也收获了无以言表的喜悦和幸福。

“世界因你而美丽——2009-2010 影响世界华人盛典”颁奖礼上，国家汉办主任、孔子学院总部总干事许琳女士说：每一个对外汉语教学的教师和志愿者都是一个中国读本。借这样一个汉语教育和交流的平台，我也无时不鞭策自己做一名完美的中国教师，做一个代表中国人美好形象的，健康、友好、博学、儒雅的精彩读本。回首这段时光，可以无愧地说，自己做到了教学上勤勉敬业、耐心细致，文化活动中不遗余力、热情投入，在调剂好自己身心的同时，关注和关心身边的蒙古事、蒙古人。自己觉得最高奖赏就是蒙古学生在短信中说：“您是世界上最好的老师，我们爱您！”虽然遇到的困难也不少，比如人身安全的隐忧、日常生活的艰苦，但有大使馆文化处的热情帮助，又有汉办领导和老师的悉心关怀，以及蒙古校方领导、同事和学生的关心和配合，这难忘的异国岁月，始终充实并快乐着，正所谓“我自甘之如饴”。来这里，不是昭君出塞，也非僧侣苦行，开始的是光荣的汉语教学历程：

离家去国路三千，
不论和亲不论禅。
乐得行吟多历览，
天骄故里汉文传。

感谢生命中有这段别样的时光，感谢这段时光带给我的一切。把记忆深刻的东西，择取部分，呈给关心我的师友，也留给我自己。至于意义，不奢求如海般深远博大，自知无“骊珠”、“巨鱼”，仅做汀洲之“芳草”，岸边之“贝壳”，能供汉教同行抑或开始关注蒙古的友人闲时浏览，做一参考也就满足了。当然，也真诚希望它成为这一角度上的精彩读本。

2011 年 8 月

你好，乌兰巴托！

到达乌兰巴托国际机场已经是2009年2月14日凌晨1点。本来是13日上午起飞的航班，因为蒙古天气的原因，一拖再拖，直到晚间23点才登机。飞机只飞行1小时50分钟，很近的，应该差不多是沈阳到上海的距离。

下了飞机就切实感受到了蒙古的严寒，同机的一个西方中年男子在北京三号航站楼里一直穿的是半袖T恤，我看他临下飞机也换上了厚厚的外套，自然是常来，有经验的。经过了不是很复杂的手续，填单，领取行李，我不紧不慢地出来，觉得这大半夜，又屡次更改时间，接机的人不知在哪儿，也许正在赶来的路上呢。

在蒙古的第一个惊喜和感动就是出了门即看到一个年轻的女子正举着一个写有我汉语名字的牌子候在那里。话不多，是基本标准的汉语，很顺利地交流后，知道她就是前任陈老师邮件里提到的东语系秘书宫杰。因为时间太晚，教育大学的车不能来，是她的男友开着私家车来接机，心里很是过意不去（后来知道她还怀有身孕，这种感觉尤甚）。车子不是很好，坐在后排，隐隐觉得寒气透进来。小两口精力充沛，在前面一直用蒙语聊得热闹，我丝毫没有受冷落的感觉，因为前日感冒，嗓子似要发炎，不想多说，正可借机看看外面的夜色。但似乎什么也没有，隔着厚霜的车玻璃，基本是漆黑一片。路上频有颠簸，想来路况也不是很好。用哈气和手指开辟出的一小块隐约可见到外面浓重黑色和隐约几点路灯光亮的干净玻璃，一会儿就重新蒙上一层白霜。大约半个小时，来到一处似小区的楼群，有灯，但也看不清外观。宫杰说这是教育大学的留学生公寓，有为外国专家老师准备的套间。敲开楼门，一个胖胖的阿姨睡眼惺忪地出来招呼，领我们到三楼最里面的一扇门边。打开门，知道这里将是我生活两年的居所：一厅一室，独立卫生间，不大，却还干净整洁，尤其是被褥和枕头白白的罩单让我安心。最意想不到的是有 24 小时热水供应，担心我洗澡困难的姐姐应该放心了。

送走了我新家的第一批客人，睡了一个难得的安稳觉。几个月来忐忑中对未知的猜测和预想，似乎到此为止了。早上醒来，听到窗外有清脆的鸟鸣，心情大好，由衷说出一句："你好，乌兰巴托！"按照中国的传统节气，同在北方的蒙古，想来也该出冬入春了。后来那首小诗就是缘于每早听鸟鸣的感受：

乌兰巴托·春

苏武羁居处，
逢春草正荣。
谁言边塞冷，
日出鸟声清。

整理东西。下午朝格院长来接我去吃饭。蒙餐厅，服务很好，墙上挂着古朴、厚重的木质车轮，装潢却很欧化，吃的东西类同西餐，也用刀叉。第一次喝了马肉汤，驱寒。朝格院长说，在蒙古，马肉和羊肉是最有营养的，因为马和羊吃的是刚刚长出一个指尖高的嫩草，而牛则吃长到很高的草。牛奶真浓，闻着、喝着感觉都好，难怪朝格院长和店里女服务员的皮肤都是意想不到的白皙、细腻，哪里像之前猜想的蒙古人皮肤都是又黑又糙的呢。

饭后去银行换了钱，1:223，就是 1 元人民币换 223 个蒙币图格里克。这是第一次在蒙古换钱，也是最“合算”的一次，后来就越来越少，最低的换到 1:180 左右。听说中间时有波动，最多是 1:250。不太明白经济学的原理，也知道自己没有太旺的财运，换钱总赶不上最好的时候。花 8000 图买了一个电话卡，放在手机里，竟然可以直接拨打电话、发信息、查询话费余额。感谢科技的发达，无论到哪儿，与家人和朋友联系都很方便。到超市买了一些生活用品，无需语言交流，选完东西结账，只需看清电脑显示的金额，不要将 20000 图当 2000 图花即可。

的确是寒冷，外面的街景也无心观赏，又赶上情人节，朝格院长说晚上与丈夫吃饭，明天到学校再聊。乌兰巴托的第一天就此结束，印象模糊。

所有关于乌兰巴托的知识仅止于行前在网上了解到的点滴：

乌兰巴托市（Ulaanbaatar）是一座具有浓郁草原风貌的现代城市，已有300多年的历史，面积4704平方公里，位于蒙古国的中部，是蒙古国的首都和最大的城市，也是全国政治、经济、交通、科教、文化中心。位于图拉河畔，四面环山，海拔1351米。人口约100万，约占全国总人口的三分之一。始建于1639年，当时称“乌尔格”，蒙语为“宫殿”、“官邸”之意，为喀尔喀蒙古“活佛”哲布尊巴一世的驻地。“乌尔格”在此后的150年中，游移于附近一带。1778年起，逐渐定居于现址附近，并取名“库伦”和“大库伦”，蒙古语为“大寺院”之意。1924年蒙古人民共和国成立后，改库伦为乌兰巴托，并定为首都，意思是“红色英雄城”。乌兰巴托常住人口中70%是年轻人，是世界上人口最年轻的城市之一。市内的主要名胜有自然博物馆、造型艺术博物馆、博格多汗宫、乔依金寺博物馆和甘登寺等。市郊有特里尔吉旅游点、成吉思汗旅游点和滑雪场等。

心中切望这里能带给我更多的惊喜和愉悦。

在蒙古图片社翻拍的1996年乌兰巴托全景

深秋的乌兰巴托

传统与现代共存的乌兰巴托

东语系

从住处向西北步行10分钟就到达我工作的蒙古国立教育大学东语系所在的教学楼，大家称为G楼。这是一座有多年历史的二层灰砖小楼，临街，距离乌兰巴托的市中心苏赫巴托广场只有十几分钟的路程，所以可以想见这里的热闹和嘈杂。蒙古的学校都不设围墙，开放的民族，开放的胸怀，也形成了这开放的空间。这里有最密集的公交车站点，每天楼前的街道都是熙来攘往的人和机动车。周边的超市、快餐店、药店、移动通讯缴费点、文具礼品店一应俱全，倒是方便。

蒙古国立教育大学亦称蒙古国国立师范大学，英文名

称 Mongolian State University of Education 或 State Pedagogical University，成立于 1951 年，其前身是“蒙古国国家教师培训学院”，是蒙古国培养师资力量的最大学府，进行教育学教学科研的同时也讲授和研究蒙古地区历史文化、文化特性等蒙古学相关内容。在五十多年的发展历程中，该校为蒙古国培养了上万名专业人才，在诸多领域做出了巨大的贡献。国立教育大学致力于培养众多专业领域的教育人才，始终如一地坚持认真严谨的治学态度，努力与国际接轨，为学生的健康成长创造良好的环境，注重学生人际沟通能力及专业技能的培养，为学生展示自身特长提供机会。校长巴·扎丹巴院士。

学历层次：毕业文凭、学士、硕士和博士。

专业设置：数学、物理、自然科学、蒙古语言文学、外国语、社会科学、艺术、计算机和信息技术等。（以上楷体字部分来源于网络）

蒙古国立教育大学中文系成立于 1993 年，2000 年并入日语和韩国语专业后改称为“东方语言文学系”（简称东语系），由外语学院统一管理，是蒙古国的第一个，也是唯一一个 HSK 考试考点，并已设立孔子课堂。中文专业的学生是通过蒙古国教科文部从全国招生，本科学生均为 25 岁以下，通过英语或俄语考试，普遍无汉语基础的中学毕业生，一般在校时间为 4 年，毕业以后将充实到各类学校当汉语教师或者从事翻译、对外贸易等工作。这些学生中半数以上来自牧区，很多学生家境贫困，甚至无法缴纳本来就不高的学费。

蒙古国大学的教学模式灵活，学生的学习压力不大，一般较为散漫，无紧迫感。如果教师不留作业或者不以测验和考试的方式进行督促的话，只有少数学生能自发地学习。汉语教师尽量采用生动、有效的教学方法，提高学生的注意力，激发学习兴趣。因为是培养教师的学校，教育大学对学生和教师的评估相对来说较为严格。2008 年新上任的外语学院院长是曾留学上海的应用语言学及对比语法专业的博士，一直工作在东语系，所以对中文专业的教学抓得非常紧。一般来说，教育大学学生的学期总成绩（采用百分制）分为 a、b、c、d 四个部分，其中 a 是考勤，b 是课堂提问和作业，c 是期中考试，d 是期末考试，具体的计分方法为：

学生学期成绩 P ＝ a+3b+2c+4d /10

再将其分为 5 档：A 90−100 分；B 80−89 分；C 70−79 分；D 60−69 分；F 59 分以下。得 F 的学生要补考，三个 F 要降级，用以督促学生更加努力地学习。

每学期初和学期结束，学校的专家组和院、系领导要检查任课教师的教学和考试计划。每节课教师要填写教学进度表，由学生上报，院、系领导检查。但一般来说，遵照教学大纲，在完成教学计划的前提下，教学和考试的具体内容多由任课教师自行安排，有相当的灵活性。

即便提高了重视程度，蒙古国自身的经济发展以及一些固有观念也决定了对汉语教学的投入十分有限。教育大学的汉语教师的授课教材大多来自汉办赠书，学生普遍没有教材，需要复印。本科学生中，95% 以上用的是复印教材，如果准备不及时，就会给教学造成很大困难。教学设备陈旧，备品缺乏。办公电脑仅 5 台（2 台可以上网），要供东语系（汉语、日语和韩国语）11 个老师使用，复印机 1 台，打印机 2 台。缺乏影像设备，方便使用的只有录音机，但因为一些与教材配套的磁带不全而无法充分利用。教师备课用的笔记本、钢笔、红油笔以及一些教学参考用书（除了汉办赠书之外）均由任课教师自己购买；粉笔和考试用纸须限时、限量领取。教学环境差（经外语学院院长的争取和努力，2010 年 9 月新学期始，教室条件有了很大改观，换了门和窗玻璃，个别教室的桌椅也进行了调换），教室紧张，课表安排要依据教室的有无。冬天早晚上课光线较暗，损害学生视力，影响教学效果。此外，汉语教师师资缺乏，据2010年4月的调查材料，本科学生187名，研究生5名，选修人数50名（日语专业），但现有蒙方汉语教师仅为5名（其中3人在华留学），目前任课的只有2人；中方政府公派汉语教师1名，另有2名志愿者管理教师任课。教学任务繁重，工作压力较大。

蒙古国立教育大学每年9月到12月，与内蒙古师范大学合作，互派学生交流学习；已与东北师范大学合作，于2010年12月成功开设孔子课堂。

条件艰苦，但东语系却像一个欢乐、和谐的大家庭，不同的语言，不同的风俗习惯，却因为有相同的皮肤，有共同的工作目标，大家聚在一起，其乐融融。课余和节假日，老师们会餐、聊天，用各种语言、动作、表情进行交流和沟通，时常能听见大家在一起轻松、欢快的笑声。这里有蒙古本土的汉语、日语、韩语教师，有我这样的汉语、日语专家教师，还有汉语和韩语的教师志愿者。除了上课，教师们分别举办汉语节、日语季、韩语周等训练学生的语言能力，培养学生的学习兴趣，同时也加强教师间对各自国家的了解。隐约知道个别蒙古老师间也有或多或少的意见和分歧，但我们外籍教师则少了许多人际纠缠，语言不通此时变成好事。都说语言学习也是文化的学习，学哪个国家的语言，就会热衷和趋同哪个国家的文化。比如蒙古国的韩语老师，喜欢摆弄化妆品，课余还从事美容品零售；日语老师多改掉蒙古人不守时的习惯，礼貌、严谨，而且饮食、着装也趋向细腻、精致。日语老师还喜欢打乒乓球，周末支起球案比赛，我也偶尔与他们战上几个回合，但体力明显不及。我还从中国给大家捎带质量好的球和球拍，他们很高兴，并表明谢意。

最有趣的是“三·八”妇女节，所有的男教师请女教师吃饭，大家一般喜欢选择中餐厅；接着，3 月 18 日就是蒙古国的“军人节”，自 1921 年到 2010 年正好是 89 年了，大家也称其为“男人节”，这回女教师要请男教师，我们都是在办公室自制“联合国”餐。当然，最受追捧的，是我做的中国菜！

1. 教育大学的主楼

2. 东语系教学楼。学生在邮件里告诉我，他们已于 2012 年年初搬入新建的五层教学楼。这里重新粉刷之后，不知做何用处呢。

3. 教师节与东语系的部分教师合影。我穿的这件中式衣服是行前特意在北京买的，带到蒙古只穿过三次，离开时留在教育大学外语学院办公室，希望学生汉语节表演时可以用到。

1
2
3

1. 看望即将做妈妈的系秘宫杰老师

2. 新年晚会上与部分教师合影

3. 给老师们介绍中国蔬菜

1. 教蒙古老师做中国菜

2. 聚会的餐桌一角

3. 三个国家的语言在蒙古国汇聚

教育大学庆祝教师节晚会，气氛热烈。蒙古国政府非常重视教育，所以大家也非常热爱这个职业。

异国的三尺讲台

第一次站在蒙古国的教室里，没有紧张，却有几分庄重。走上工作岗位已经十五六年，我也算身经百战了，面对三十多个陌生而年轻的脸庞，忽然觉得自己挺伟大的，从今天起，要教这些成吉思汗的子孙们学习我们的语言，我们的文化！

我所在的教育大学东语系师资不很充裕，尤其是中文专业，我承担了包括一至四年级所有本科学生在内的“现代汉语”、“口语”、“阅读”、“语音”、“语法”、“汉字”等课程，其中口语课用的是《汉语教程》，也就是说，蒙方希望中国老师担负主干课程，同时还要将口语训练放在首位。四个学期，我的周课时少的 20 节（9 月份四年级学生下校实习），最多竟达到 28 节，这在我的教学生涯中，算是空前的了。最困难的时候，一天 8 节下来，疲乏至极，回家需要先躺下休息一会儿才有心情起来吃晚饭。为高年级教授现代汉语和中国文化问题不大，个别中蒙混血的学生或者有机会去过中国、基础较好的学生，均有很高的汉语水平，交流没有丝毫障碍，师生间很快产生默契，教学效果良好。我辅导的教育大学四名选手在 2009 年 10 月蒙古国“走近中国”大学生知识竞赛中荣获团体第一名。一年级零起点学生的初级汉语则从拼音和笔画开始，要一点一滴地积累，有时还需要借助简单的英语进行词语解释和情境交流，作为辅助的绘画更是必不可少（私下庆幸自己有此特长），这个过程要付出更多的耐心和细致。学生每每在课下用手机短信“检验”着自己的学习成果，有时候一晚上要收到几个学生的短信，都须一一细致回复。学生曾发来这样的内容，让我既欣慰又着急，欣慰的是感受到他们学习的热情，着急的是其中由于母语干扰所产生的错误：“老师您好！我没有什么，现在我看电视。她（蒙语中敬语‘您’的发音是‘TA’，学生经常混淆）有什么新闻？她教了我们汉语，我们很高兴。她非常好老师。这是很真。”马上给这位学生纠正，第二天还要改换例句给全体学生讲解，做到举一反三，努力取得事半功倍的效果。蒙古学生发音时还有许多习惯性错误，一个小班 25–30 人，要依次纠正，有时候一天 6–8 节课结束，真是口干舌燥。在这个过程中要有极好的耐心，不急不躁，稳扎稳打。见学生累了，就用从综艺节目中学来的传话、猜词等游戏活跃课堂气氛，提高学生的学习热情，间或适时地用一些带有中国特色的小礼物奖励一下好学上进、成绩有所提高的学生。毕竟是通过竞争考上大学的学生，他们都很聪明。一个叫朝格吉勒玛（恰巧与院长同名）的女生，漂亮、可爱，上课总是坐在离老师最近的位置上，无论语法还是口语训练都是最积极、认真的。只要在走廊里见到我，不管我去卫生间、图书室，还是下班回家，她都会一直跟着我说话，说她的弟弟不爱吃饭，讲她的爸爸、妈妈去韩国，告诉我她在学习开车，哪天要去考驾照。有问题就随时到办公室找我，直到弄得明明白白才作罢。这是一个绝顶聪明的孩子，她会利用任何时机与中国老师交流、对话，所以她也成为成绩最好的学生之一，一年级下半年就考取了数额不菲的台湾奖学金。面对这样的学生，我往往会忘了所有的辛苦和劳累，满足她的一切需求。在与他们交流的过程中，自己也了解了很多不熟悉的风土人情。

汉字课，我发挥自己的特长，结合口语课的生字、生词，从象形文字入手，指事、会意、形声（“六书”中的转注和假借暂不涉及），由易到难，一步步把学生引领到奇妙的汉字文化殿堂。很多学生说最感兴趣的是“汉字”，“真有意思”。我还教学生折扇面，把自书诗扇面带到教室与学生交流。他们也兴趣盎然地自制折扇，完成汉字作业，效果非常好。每个教室，我都定期指导学生办优秀作业展，以利学生取长补短，不断进步。虽然蒙古的春节叫“白月节”，但意义和时间都与中国的春节相仿，我就用从中国带来的红宣纸书写对联和“福”字，征得蒙方院长同意后，贴在中文专业的教室里，让学生感受中国传统文化的同时，也促进了汉字学习。

不知是习惯使然，还是因为教室紧张，蒙古的大学普遍没有固定的午餐时间，学生的课连排，90分钟一大节，中间都只休息10分钟，机关午休也较晚、较短。学生本少有吃早饭的习惯，午餐时间，若赶上没课，还可以去学校的食堂，遇到哪天课多，他们就只好利用课间10分钟简单买些点心和饮料，潦草充饥。蒙古学生普遍晚睡晚起，很少熬夜学习，不是参加PARTY，便是上网，早上女学生还要花大量的时间化妆后才出门，这样看来蒙古学生的迟到也就不足为怪了。针对这种状况，我多次借助课文、单词中相关内容尽量巧妙而又苦口婆心地告诉他们，早上一定要早起10分钟吃早餐，保证身体健康、提高学习效率，同时强调守时的重要性。我自己更是以身作则。两年的教学时光，除了大使馆有任务临时调课外，我从没请过一天假，耽误过一节课，即使感冒时引发咽喉炎，也用嘶哑的喉咙坚持上课。善良的同学们会格外配合，教学效果丝毫不受影响。一周中哪天课程连排，没有去食堂或快餐店的时间，我会自带午饭，用办公室的微波炉加热，既不误上课，也保证自己有最佳的工作状态。但是，虽然大多数学生日渐感受到中国老师守时敬业作风的好处，但还是有随意、散漫的时候，作为老师的我也就只好灵活和变通一下了，毕竟习惯的改变非一朝一夕可以做到。比如学生实在饿了，都能听到肚子咕噜噜的声音，大家已在窃笑，就允许他吃点东西，不然他也听不进去；随时会有男生、女生举手，要去卫生间，从不阻止，但无论多急，也要求他必须用汉语表达清楚再走，时间一长，"老师，我要去厕所"或者"我要去卫生间"，成了除"您好"之外大家说得最标准的汉语。

蒙古毕竟还不发达，教室的教学条件较差，不只电化设备缺乏，连桌椅、门窗、电线开关等也都很破旧。刚到蒙古的时候，我去拉窗户，整扇窗朝我砸来，那窗户竟不与窗框相连，只是"放"在了窗框上，令我好生奇怪。照明设备老化，教室举架又高，冬季日照时间短，到了黄昏，光线不足，学生看黑板便很吃力了。电源插座基本都是悬在墙外，能清楚地看见里面交错的电线。上课用录音机时，见我小心翼翼的样子，学生们都不以为然，大大方方地来帮我。因为总是拽来拽去的，很快就断电了，直到我督促学生找学校的维修工来，才算彻底消除了安全隐患。

蒙古的老师上课不需要站在讲台上，讲桌靠窗，老师可以坐着上课。即便这样，我也愿意站起来，便于与学生互动交流，自己说话好像也能用上劲儿，主要是随时回头写板书方便。我上课板书相对较多，一个词，一个例句，不厌其烦，偶尔还要画上几笔。因为写得既好又快，学生们都喜欢我写板书，争相帮我擦黑板。好学上进的学生还边擦黑板，边模仿我的笔迹。每当这时，我就会隐隐地得意起来，作为一个来自异国的文化使者，将魅力无穷的中国语言和文字介绍给他们，让他们爱上了中国，爱上了中国的一切，这是一件多么美妙的事情！

学生们的学习热情在一天天地高涨，我的教学经验也在一天天的积累和总结中丰富起来。课余抓紧时间记录下自己的心得和感受，并斟酌成文，《试论应充分发挥书法在对外汉语教学中的积极作用》发表于 2009 年第 1 期《今日中国》；2010 年 1 月，论文《蒙古学生在汉字书写中存在的问题及解决办法》发表在蒙古国立教育大学学报第 23 期（P90–92）；2010 年 5 月，论文《了解中国文化，宜从汉字始》发表在蒙古国立教育大学学报第 24 期（P101–102）。除此之外，还与其他在蒙汉语教师一起参加各类学术报告会、讨论会。2009 年 10 月 9 日在“中国语言文化”国际学术研讨会上宣读论文《蒙古学生在汉字书写中存在的问题及解决办法》；12 月 19 日，在蒙古国第二届 HSK 国际研讨会上做题为《有的放矢 力争卓有成效——针对蒙古国 HSK 考试的一点想法》的发言。新华社蒙古分社及互联网新闻均做了报道。在大使馆文化处的指导下，与教育大学外语学院合作，我利用业余时间进行了新旧 HSK 试题的对比分析，撰写《新旧汉语水平考试（HSK）的对比分析》一文，并为汉办提供了新 HSK 一、二、三级试测结果分析报告，努力为新试题的顺利研发和推广，进一步提高汉语教学的质量尽自己的一份力。2010 年 4 月 18 日，接受新华社专访，介绍在蒙工作情况，记者石永春先生的稿子《中国老师辛勤耕耘助推蒙古国汉语热》在《蒙古消息报》以及国内各大网站转载。

四个学期结束，学生们逐渐掌握了科学的学习方法，学习成绩稳定。中方大使馆、蒙方院系领导均表示满意，我自己亦甚感欣慰。有理由相信，“您是世界上最好的老师，我们爱您”之言当为不虚。

1. 在“庆祝中华人民共和国成立60周年 蒙中建交60周年”山水相依 龙腾马跃——“走近中国”知识竞赛中，蒙古国立教育大学代表队荣获团体第一名。

2. 快乐的课间

3. 一二三，“茄子”

1

2

3

1. 一年级学生的汉字作业

2. 想不起来是什么话题，让他们这么开心。

3. 在“中国语言文化”国际学术研讨会上发言

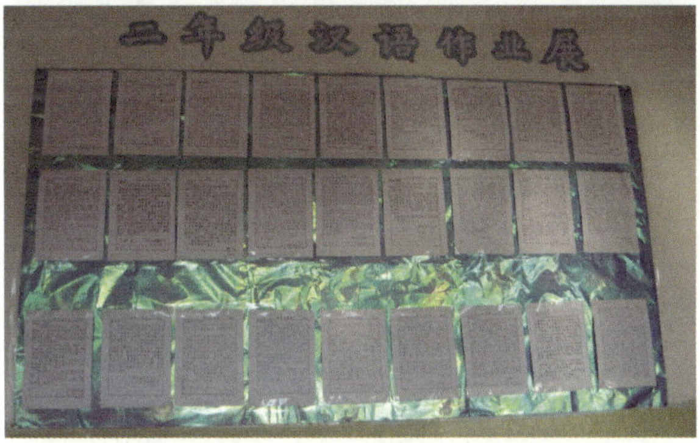

1
2
3

1. 聪明的学生，用心来完成作业。

2. 学生的汉语作业展

3. 一年级的硬笔书法作品展

1
2
3

1. 这是只教半年就要分别的新一年级的部分学生，同样阳光，同样可爱。

2. 汉语节与四年级学生合影

3. 学生的毕业典礼

汉语在蒙古国

蒙古国从民族构成上是一个以蒙古族为主体的国家。蒙古民族主要由占人口绝大多数的喀尔喀人（占 78.8%），以及杜尔伯特（占 2.7%）、巴雅特（占 1.9%）、布里亚特（占 1.7%）、达里岗嘎（占 1.4%）、扎哈沁（占 1.1%）、乌梁海（占 1%，蒙古、突厥人中均有该部落）、达尔哈特（占 0.7%）、土尔扈特（占 0.5%）、厄鲁特（占 0.4%）、明阿特（占 0.2%）、巴尔虎（占 0.1%）等部族和少数内蒙古人（察哈尔、乌珠穆沁等）构成。蒙古国的少数民族主要有突厥系的哈萨克人（占 5.9%）、霍屯人（占 0.2%）、查唐人、图瓦人以及少数俄罗斯人、乌兹别克人和华人。蒙古语是古老的民族语言之一，蒙古语属阿尔泰语系蒙古语族，主要使用者是蒙古族，主要地区分布在蒙古共和国和中国内蒙古地区。随着中蒙两国政治、经济、文化交流日益密切，汉语已成为蒙古国学生最热衷的外语专业之一，“汉语热”在蒙古国逐年升温。（以上楷体字部分来源于网络）

此前，俄语曾被确定为蒙古国的官方外语，现在已飞快地走下坡路。对很多蒙古国的年轻人而言，英语时髦而全球化，有相当的普及率。随着时代的发展，能够与之较量的，就是汉语了。据不完全统计，目前蒙古国有60多所大、中、小学开展了汉语教学。在首都乌兰巴托，汉语学生人数超过6500人，比2003年增加了58%。2009–2010学年，蒙古国开设汉语课程的大学有30多所，每年有接近2000名的大学生学习汉语。本科生的主要专业有“汉语教师”、“汉语翻译”等，在校学习汉语的时间从1到4年不等。中国汉办派往蒙古国的汉语教师以及志愿者已从2005年的12人增加到目前的130多人，这种增幅仍不能满足当地各类大、中、小学校对汉语教师的需求。随着中国的发展和中蒙两国各个领域关系的不断拓展，民众日渐意识到汉语的重要性，未来蒙古国的“汉语热”还将持续升温，汉语将被越来越多的蒙古国学生所喜爱。

育才中文学校是乌兰巴托最著名的汉语学校，师资力量雄厚，单是中国派来的汉语志愿者教师就有十几个，还刚刚开设了孔子课堂。我们曾经到那里参观，教学楼走廊墙壁上，全是汉字壁报、宣传栏，教室里也一律都是汉字，还挂着具有浓郁中国风的中国结。站立其中会让我产生强烈的错觉，以为身处的就是自己的祖国。

一次，受命批改奥林匹克汉语作文比赛试卷，几个中小学生写的作文真是好，一派天真烂漫。比如，一个女孩描写自己弟弟的脸，“剥了皮儿的土豆一样的脸上，长着一些有如地毯上散落的嘎拉哈（蒙古孩子玩的用羊膝盖骨做的玩具，中国东北地区也有）一样的斑点”；还有学生写《最幸福的时刻》时说，父母生下自己是最幸福的时刻，因为自己的诞生“就像一个圆球放在丝线上”那么幸运，那么不可思议。当然，也有笑话出现，学生写自己姐姐的名字叫“奥运兔牙（tuya 的译音一般应写作‘图雅’）”。这些词句有趣得让人感动，从中似乎可以看到蒙古孩子善良、纯洁、懂得感恩的内心和对汉语学习的执着和热爱。

2009 年 4 月 18 日，星期六，我到乌兰巴托另一所著名的汉语学校二十三中学为参加奥林匹克汉语竞赛的学生讲话，记下了当时的发言稿：

大家上午好！

我叫刘丽颖，作为中国国家公派汉语教师来蒙古教育大学任教。很高兴认识大家。

今天，朝格院长让我来说几句话，我想说三个“就是”：

一，“相识就是缘分”。汉语像一座桥（CHINESE BRIDGE），让我们相识，希望我们能成为共同学习和研究汉语的好朋友。

第二句，“语言就是力量”。这是北京一所著名的外语学校“新东方”的座右铭。大家想过没有，你为什么学习汉语？有一个《智慧塔》的故事：从前，人们都说相同的语言，齐心合力要建一座通天塔，马上要建成的时候，上帝知道了，他为了不让人类都到天上去，就想了一个办法：让人们说不同的语言。这样，大家没办法互相沟通，于是，塔就停工了。所以，语言是人们沟通的工具，只有语言相通了，人们才会更有力量。

三，“坚持就是胜利”。汉语大家已经学得很好了，只要坚持，“功夫不负有心人”，就一定会成为出色的汉语人才，长大了为蒙古的建设服务，为中蒙两国的友谊和合作服务。祝愿大家都能成功！

谢谢。

别看他们都是中学生，但汉语都学了很多年，一般要比初学的大学生水平还要高，所以这些话他们基本都能听懂，纷纷表态：一定会学好汉语！

截至2011年暑期，中国国家汉办举办的“汉语桥”世界大学生中文比赛已经成功举办了十届。到10月份，中学生“汉语桥”比赛也将举行四届。此比赛已成为各国大、中学生学习汉语、了解中国的重要平台，在中国与世界各国青年之间架起了一座沟通心灵的桥梁，受到蒙古国教育界和文化界的高度重视。蒙古国汉语教师协会会于每年年初在中国驻蒙古国大使馆文化处指导下，借助汉语专家老师的力量，面向所有蒙古国学习汉语的大中小学生举办“汉语奥林匹克竞赛”，一方面奖励优秀，选拔人才，更可从中遴选出参加“汉语桥”比赛的选手。在蒙期间，我连续两年全程参与了蒙古国“汉语桥”出题、监考、阅卷、评选、辅导工作，3月份笔试，5月份通过才艺表演、知识问答确定参赛选手，之后由3个汉语教师组成专家组，集中而有针对性地辅导和培训（其中也包括中学生），暑期选手到中国比赛，整个过程历时将近半年，在蒙的汉语教师同心协力，在任务重、时间紧的情况下，取得的成绩值得骄傲。2009年第八届“汉语桥”世界大学生中文比赛中，蒙古国选手从120多个选手中脱颖而出，获得第13名（三等奖第一名）的好成绩；代表蒙古国的三名中学生选手也以出色的表现，取得了团体二等奖、两个个人三等奖的佳绩。2010年8月，大学生选手在湖南获得了“优秀口才奖”，中学生则又以出色的表现获得了团体三等奖和个人三等奖。

1
2
3

1. 汉语桥选拔赛做评委

2. 汉语桥选拔赛会场

3. “走近中国”知识竞赛做评委

1
2
3

1. 2009 年与汉语桥中学生选手合影，他们在中国的比赛中取得了很好的成绩。

2. 2010 年参加汉语桥的大学生选手，聪明可爱的“小兔子”布金（中）

3. 第三届汉语桥中学生选手载誉归来

此外，每年在蒙古国要举办两次 HSK 考试。HSK 是汉语水平考试（Hànyǔ Shuǐpíng Kǎoshì）的缩写，是为测试母语非汉语者（包括外国人、华侨）的汉语水平而设立的国家级标准化考试。旧HSK分为基础、初中级和高级，与之相应，新HSK设1–6级。春秋两季，大量的学生和社会人员参加培训和考试，从逐年增加的考试人数以及成绩的不断提升，我们可以感受到汉语在青年学子中的受重视程度。我所任教的国立教育大学是蒙古国唯一一个 HSK 考点，我有幸四次参与了蒙古 HSK 考试工作。作为主考官，每当站在密密麻麻坐满考生的大教室里，看到学生紧张有序地埋头答题，就回想起若干年来，多少中国学子为了出国，面对“TOEFL（托福）”、“IELTS（雅思）”、“GRE”等考试时的艰辛和无奈。由衷的感慨是：中国真的强大了！ HSK 除了可以随时检验学生的学习成果，还是到中国留学、申请奖学金的重要条件。具备初级证书是最低要求。受大使馆文化处领导指派，我分别于 2009 年 3 月和 2010 年 4 月，作为包括大使馆文化处官员在内的 5 位考官之一，参与了针对蒙古学生的中国政府奖学金的选拔和面试工作。这是一个严肃而颇具竞争力的考试，学生要通过严格的笔试，经过残酷的遴选和淘汰，最终保留 2:1 的名额进入面试阶段。来参考的人员都是经过时间不等的汉语学习，渴望能够到中国深造的高中毕业生、大学生、研究生，还有在职人员。他们基本都有 HSK 的合格证书，而且等级较高。每年经过激烈的竞争，挑选出最优秀的学生到中国留学，同时也对所有学习汉语的学生产生强烈的激励作用。在这个项目中，中国政府投入大量的资金，其效果也相当显著。我了解的几个大学的中文专业的骨干教师基本都是通过这个途径到中国完成硕士、博士学业。我教的个别学生从一年级入学，就向我咨询相关问题，计划大学毕业以后到中国留学深造。

在大使馆做考官时的合影，左二为文化处一秘德博先生

HSK 做主考

除了中国大陆在汉语教育方面对蒙古国有较大的投入之外，中国台湾的华语教育也在蒙古国不遗余力地开展着，在乌兰巴托设有蒙古台湾教育中心，而且时间较早，影响也很大。

2009 年 3 月，在乌兰巴托举行了“2009 第二届台蒙华语文教学国际论坛”，由台湾铭传大学主办，地点设在蒙古国立大学

A楼，邀请了蒙古、在蒙汉语专家以及语言学各界人士参加。论坛就台湾华语文教学在蒙古的产生、发展以及前景做了深入、细致的阐述，并就具体的教学原则和方法展开热烈讨论。巫宜静教授做了题为《华语师资培训与华语教学的考量——以词汇为例》的专题演讲，深入浅出，并具有很强的实践指导性；杨小定主任将教师专长分为英华双语教学、汉语教学、文学文化这样三类，并具体分析不同种类的异同以及如何相互补充和完善，还站在国际的角度，以更广阔的视野向大家介绍了很多前沿观点：

英国《独立报》认定汉语是“明日语言”，是战略性（strategic）语言之一；美国也有AP中文考试，总统奥巴马4700万美元投资正与汉语教育有关。美国针对AP考试，有5C的说法，即Communication（传达、联络、沟通）、Culture（文化）、Connection（联系、关系，与其他学科的关系）、Comparisons（比较）、Communities（社交，活用于海内外文化）等。

中蒙方汉语专家学者也针对相关问题展开讨论，加强了沟通，开阔了视野。相信在各方的共同努力下，无论是内地、香港、澳门、台湾，还是在世界的各个角落，汉语一定会成为最具魅力、最有活力的语言。

与蒙古国从事中文教育的老专家合影

与台湾铭传大学巫宜静教授合影

汉语节上学生演小品

在蒙古国教书法

行前，汉办师资处的领导特别提到，到蒙古可以发挥书法特长，借之宣传和推广中国文化。订书时，我选了毛笔和宣纸，准备给学生用，但经过长途跋涉，邮到蒙古时，笔头已经掉了，宣纸也是几经折叠，无法恢复平整了。好在我自己写字还算讲究，特意带了很多平时喜欢用的笔和纸。有一次在大使馆当考官，文化处的一秘德博先生又赠我一大瓶“一得阁”墨汁和二十几张宣纸（后来都用在了学生练习和表演上）。有这些笔墨纸砚，再凭着我二十几年练就的手上功夫，利用课余时间，在蒙古国宣传和介绍中国书法的历程是轻松而愉快的。

2009 年 4 月，我受邀在“中蒙建交 60 周年友谊文化交流会”上第一次向蒙古以及各国外籍教师展示了中国书法，写了两幅字：一幅魏楷“天地吉祥”，一幅行草“和而不同”，郑重地盖上红红的印章，并做简单解说，赢得大家热烈的掌声，人民网及内蒙古教育电视台均做了相关报道。2009 年 5 月 8 日，受邀在“希望之路——庆祝蒙中建交 60 周年暨国立大学孔子学院建院一周年”的文化活动中表演书法，我用从中国带去的红色瓦当宣纸写了对联“中蒙友好 世代吉祥”，并写了一幅老蒙文书法“wulijie（吉祥）”，使蒙古师生对中蒙文化的交流和沟通有了进一步的认识和理解。2010 年 5 月，由中国国家汉办、中国驻蒙古国大使馆主办，蒙古国立大学孔子学院承办的“蒙古国首届大型汉语图书展”在乌兰巴托“THE ILOFT FUNCTION HOUSE”展览馆拉开帷幕。我在开幕式上为所有来宾表演汉字书法，书写的是很多蒙古学生喜欢的宋词歌曲“但愿人长久”，虽然是草书，但在悠扬的琴声伴奏下，大家都能感受中国书法行云流水般的无穷魅力，并用条幅“无事宜静坐 有福是读书”书贺展览圆满成功。2010 年 11 月 28 日，在人文大学举办的第 20 届汉语节上，我又书写了隶书条幅“学神奇汉语 架友谊之桥”。

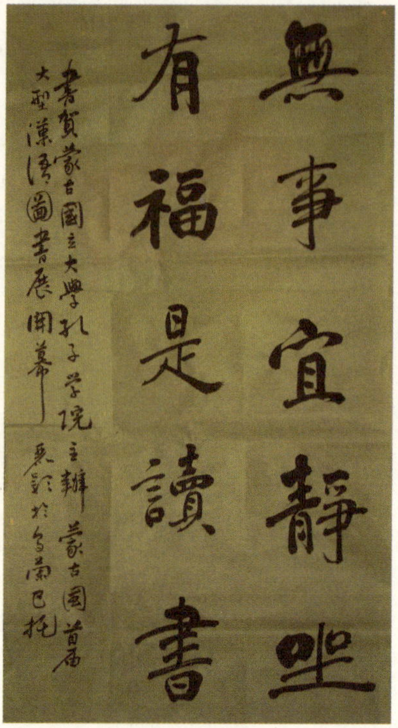

此外，我还在国立大学的“汉语周”活动中，为孔子学院开办书法讲座，从更深、更广的层面让蒙古学生感受中国传统艺术的博大精深。

2010年4月，所在的教育大学举办“汉语节”，我用不同书体写了五个字：1、“福”，祝福所有的老师和学生健康、快乐；2、“舞”，送给所有的女同学，祝她们有优美的体态、漂亮的舞姿；3、“武”，送给所有的男同学，祝他们像大家熟知的李小龙一样，有聪明的头脑、强健的体魄；4、草书“龙”，告诉他们，中国是龙的故乡，欢迎他们到中国去；5、“桥”，汉语是一座桥，希望通过大家的努力，搭建一座沟通中蒙两国友谊、合作的桥。然后又组织书法比赛，让学生亲自领会中国书法的奥妙与神奇。一些来观摩的日本语和韩国语专业的蒙古学生被汉语节上丰富多彩的节目吸引，对中国文化产生浓厚的兴趣，竟然有学生要求改学汉语。哈哈，中国文化，魅力无穷。

2010年暑期，我还在孔子学院拍摄的DV短剧“孔子学院的故事”《I Have a Date with Confucius》中客串角色，其中之一就是书法教师。这个剧后来在国内参加比赛，获得了一等奖。虽然镜头不多，但看自己穿着中式服装，用毛笔手把手地教那个来自瑞士的女主角Raya Schifferle写汉字的影像，很开心。

很多周边学校学汉语的学生看到我的书法表演后，被书法的神奇所吸引，不时通过中国志愿者教师的介绍主动找到我，要求学习书法。但因为本身承担的课程太多，只好抱歉地婉拒。参加汉语桥比赛的学生，更是希望能用书法来展示她们对汉语文化的热爱，我教她们写“好学为福”、“神奇汉语、美妙中华”等，但时间有限，成效不明显。

后来教育大学的几个学生又多次要求学习书法、剪纸，我就与外语学院院长协商之后，利用周六、日空闲时间给学生开设“文化体验课”。剪纸很简单，我剪了一些，又给了学生一些剪纸技巧的网址，可以自学，耗时不多。书法兴趣小组则要从一般用具到基本笔画开始，很是细琐。而且蒙古没有适合的文房用具，我不但要发纸，还要发笔。笔的数量不足，索性让大家用我的笔写。纸少，就用毛笔蘸水在黑板上写。兴趣是最好的老师，不长时间，大家就能写得有模有样了。在 2010 年 12 月蒙古国立教育大学孔子课堂的揭牌仪式上，我选出 10 位学生分别写“有朋自远方来，不亦乐乎”这些字，引起在座的中外专家极大兴趣，还合影留念。仪式结束，驻蒙大使余洪耀先生特意与我握手表示祝贺。为布置孔子课堂，外语学院院长及孔子课堂的中方负责人还专门请我写书法条幅，我写了楷书“子曰：志于道，据于德，依于仁，游于艺”及草书“和而不同”，并用蓝白粘纸剪了隶书“恭、宽、信、敏、惠”等字。大家希望有一张孔子像，但蒙古实在是难以找到。我索性主动请缨，参照《论语注释》封二的孔子像，用了整整三个晚上，临画了一张四尺整纸的白描“先师孔子行教像”，欲学吴道子笔意，惜只得皮毛，加上蒙古没有专业的装裱店，皱巴巴地压在玻璃板下，但挂在教室里，与那另一张四尺整纸的楷书遥相呼应，很是和谐。虽然累得颈椎难受，但心满意足。我的字画，永远保留在蒙古的汉语教室里，岂不是自己的荣幸嘛。

曾有书友担心，两年在外，书法会生疏的。的确，少了与师友的交流，又经常写少具艺术性的标语、大字块，自己确有损失。但，没关系，书法是一辈子的事。我的书法生活中，间或有这样独特的两年，值了。

书写“天地吉祥”

1
2
3

1. 钤印

2. 书“中蒙友好 世代吉祥”

3. 图书展上表演书法，草书“但愿人长久”

1
2
3

1. “学神奇汉语 架友谊之桥”——在人文大学第 20 届汉语节上

2. 在孔子学院教书法

3. 书法课上认真、专注的学生

1
2
3

1. 带领学生体验中国文化

2. 初学执笔

3. 汉语节上主持书法比赛

1. 指导书法活动小组学生习字

2. 点评学生的习字

3. 辅导学生书法表演

1
2
3

1. 答疑

2. 铺着我的书画毡，手执我的大笔，一招一式，很有“范儿”的。

3. 现场书写，竟然一点都不怯场，很让我为他们骄傲。

1
2
3

1. 与成功表演书法的学生合影

2. 仿吴道子笔意为蒙古国立教育大学孔子课堂作先师行教像

3. 为孔子课堂书《论语》句

独乐乐不如众乐乐

"独乐乐，与人乐乐，孰乐？"曰："不若与人。"
"与少乐乐，与众乐乐，孰乐？"曰："不若与众。"

——《孟子》

我喜欢听音乐，尤其爱听歌词和曲调和谐优美的歌曲，却很少主动在人前献唱，毕竟非擅长，也不是自己的性格。但是在蒙古，学生们会经常要求老师教他们中国歌，和他们一起唱中国歌。学中文的孩子，一般都会唱《童话》、《朋友》、《老鼠爱大米》、《敖包相会》、《两只蝴蝶》，还有我一直很喜欢的《但愿人长久》等，个别高年级学生竟能唱几句周杰伦的《稻香》、《菊花台》、《青花瓷》。受他们感染，课间休息、聚会、游玩，我随时会兴致高昂地唱起词曲皆佳，适于学生学习的中文歌。没想到，来到蒙古，自己在这个领域成了"于无佛处称尊"的半专业歌手，学生喜欢，我也乐此不疲。

高中时老师说过，学英文歌，有助于英语学习，我想一定不错。但那时没有条件，除了《Happy Birthday》再没会别的歌曲，英语学得也不好。有自己的前车之鉴，为了让蒙古学生更好地学习汉语，只要有时间，我就会在百度里下载一些优秀的中文歌曲，并为汉语歌词配上清楚的拼音，还不怕繁琐地在拼音上标注准确的调号，打印出来后，成了学生们最最喜欢的"汉语材料"，争相复印，传阅。草原民族天赋的音乐素质，经常让他们出乎我的意料，一首歌，对照拼音听几遍，便能唱个八九不离十。我教他们的歌曲有《中国话》、《茉莉花》、《好一朵美丽的茉莉花》、《北京欢迎你》、《对面的女孩看过来》、《感恩的心》、《隐形的翅膀》、《月亮代表我的心》、《最浪漫的事》等等。虎岁除夕我是在蒙古度过的，所以对春晚上的两首歌曲印象极深，一首是曲调优美的《传奇》，字词简单，朗朗上口，低年级的学生听了几次，几个女生竟能小合唱，很是传奇动人；一首是《龙文》，语句深刻，难度颇大，教给高年级，后来一个学生本准备在蒙古国大学生汉语桥选拔赛上演唱，但毕竟难度较大，临时改为《萍聚》。

有一首歌曲我尤其喜欢，那就是"欢乐中国行"的主题曲《跟我出发》：

啊咿呀咿呀 啊咿呀咿呀
和我一起尽情欢乐准备好了吗
啊咿呀咿呀 啊咿呀咿呀
和我一起尽情欢乐准备好了吗
听着太平鼓再点击冬不拉

看红绸带妩媚多情的哈达
融一份真情泼一幅山水画
蘸一份骄傲来把欢乐挥洒
雪山给雄鹰发送一封彩信
江水给白帆打一通电话
别说路太远 只要心心相连
越过沙漠就能把绿洲到达
跟着我脚步向收获出发
从此什么都不怕
跟着我背起音乐的行囊
现在就出发
啊咿呀咿呀 啊咿呀咿呀
和我一起尽情欢乐准备好了吗
啊咿呀咿呀 啊咿呀咿呀
和我一起尽情欢乐准备好了吗
啦啦啦啦啦 啦啦啦啦啦
就让我们向欢乐飞呀飞呀飞呀
啦啦啦啦啦 啦啦啦啦啦
就让我带着欢乐飞呀飞呀飞呀
就让我带着欢乐飞呀飞呀飞呀

欢快的曲调，鲜明的节奏，加上歌词里蕴含的热烈和谐的气氛，同学们非常喜欢，只是歌词有些拗口，都说“怎么又像绕口令”！哈哈，我心中窃喜：愉悦身心，又练习了口语，这才一举两得呢！后来在蒙古国立教育大学孔子课堂揭牌仪式中，二年级学生集体演唱这首歌曲，吐字清晰，节奏准确，加上随意、潇洒的摇摆动作，令驻蒙大使馆官员及来蒙的中国汉语专家们异常惊喜，现场的气氛为之一振，成为仪式节目的亮点。排练的时候，我教他们在唱完之后，挥动右臂，一起用汉语说“跟－我－出发”！此后，这成了二年级以至所有中文专业学生的招牌动作——跟我出发！

子曰：教学相长，我也跟学生学了一首歌。四年级学生在毕业典礼上无伴奏合唱了一首蒙汉双语的歌曲，大家演绎得优美动听。我听歌词似乎有“乌兰巴托”的字样，请教她们，歌曲叫《乌兰巴托的夜》。回去上网一查，原词曲作者均为蒙古国人，分别是桑德扎布和普日布道尔吉。现在知道的有几个版本。贾樟柯在电影《世界》中改编其做插曲，由女主角赵涛演唱，歌词苍凉、忧伤，与电影基调很合：

穿越旷野的风啊，慢些走
我用沉默告诉你，我醉了酒
飘向远方的云啊，慢些走
我用奔跑告诉你，我不回头
乌兰巴托的夜啊，那么静，那么静
连风都不知道我，不知道
乌兰巴托的夜啊，那么静，那么静
连云都不知道我，不知道

游荡异乡的人儿啊，在哪里
我的肚子开始痛，你可知道
穿越火焰的鸟儿啊，不要走
你知今夜疯掉的，不止一个人
乌兰巴托的夜啊，那么静，那么静
连风都不知道我，不知道
乌兰巴托的夜啊，那么静，那么静
连云都不知道我，不知道
……

结尾采用的蒙古特有的呼麦更是点睛之笔，让人对广袤无垠的世界有不尽的遐想。另又有词作者之一左小祖咒演绎的男声版本，同是悲凉凄恻，风格稍变。

蒙古学生唱的是内蒙古女歌手琪琪格的又一版本：

有一个地方很远很远
那里有风有古老的草原
骄傲的母亲目光深远
温柔的塔娜话语缠绵
乌兰巴托里木得西那木哈那木哈
歌儿轻轻唱 风儿轻轻吹
乌兰巴托里木得西那木哈那木哈
唱歌的人不许掉眼泪

有一个地方很远很远
那里有一生最重的思念
草原的子民无忧无虑
大地的儿女把酒当歌
乌兰巴托里木得西那木哈那木哈
你远在天边却近在我眼前
乌兰巴托里木得西那木哈那木哈
听歌的人不许掉眼泪

这套歌词同样具有草原歌曲的旷远、豪迈，不再过分忧郁。第二段采用蒙语与第一段汉语互相映衬，相得益彰，甚是动人。在蒙古生活了两年，虽然没机会常去草原，但对草原民族有了些许了解，喜欢“草原的子民无忧无虑，大地的儿女把酒当歌”的豪情，也喜欢“唱歌的人不许掉眼泪”的深意，语句好贴心。大概是先入为主，后来再听到小东、阿穆隆的男声，不觉更好。我把这歌的汉语版又教给低年级学生，他们一学就会。

独自唱歌，自娱自乐，还是与学生同乐？当然选择后者。怀念与蒙古学生一起唱歌的美好时光。

学生的表演唱《跟我出发》

与学生一起唱卡拉 OK，迎接新兔年的到来

“我们都是好朋友”

蒙古语“朋友”的发音是“Naiza”，很容易记住。蒙古人也很注重朋友义气，所以这个词也成了学汉语的学生最喜欢、最熟悉的单词。他们经常指着自己和我，笑嘻嘻地说“好朋友”！“友”发成了四声的“又”。

刚刚认识，蒙古学生们就不是很拘束，特别是下课后，在食堂或者餐厅遇到，他们会主动围过来，问这问那，最关心的是“impression（他们当时还没学‘印象’这个单词）”——对蒙古国和蒙古人的印象，可见学外语的学生都关心国家间、人民间的友谊。时间久了，大家就更无拘束。放假回来，女学生会远远地跑过来亲吻我的面颊，男同学会揽着我的肩膀问：“老师，节日

（应该是‘假日’）好吗？”

但我一向是一个严格的老师，上课的时候，再散漫的学生也会让我提问得不敢有丝毫懈怠。第一学期期末考试的时候，学生没想到中国老师会如此严厉地没收打小抄学生的试卷，也没想到，中国老师会因此这么生气。一向善解人意的策登素仁（后来当选为班长）用英语小声问我：“今天老师为什么不开心？”我说：“当然是因为你们！”这是第一次让他们见到我这样的表情，也是最后一次，因为以后的考试，他们再也不敢违纪，即使真的不会答了，也静静地坐在那儿，瞪着大眼睛看着我。这时，我竟会心疼起他们来，每每对成绩不好的学生再三叮嘱：“要好好学习，OK？！”

但还是有一些学生进步很慢。一次去韩国超市，戴着口罩卖熟食的女营业员突然冲着我叫“老师”，定睛一看，是经常在课堂上发困的一年级学生奥阳噶 B（这个班有两个奥阳噶，所以登记名册用 A、B 区分），后来听同学说她家里经济条件差，除了白天打工，晚上也有工作，具体在哪里也不知道，有时候老板还拖欠工资，很可怜的。还有一个学生已经是降了一年的，现在还是经常旷课。学生说她妈妈酗酒，家庭负担很重。此外，还有一些学生经常生病，生病了也很少去医院，就在宿舍或家里躺着，当然，这指的是些牧区来的孩子。城市学生的家庭条件都不错，有些还相当富裕。

2009 年 11 月席卷全球的 H1N1 流感也光顾了蒙古。一天正在上课，一个高年级学生来向学生们通报：教育大学 B 楼发现有一例学生患者，让大家注意个人卫生，外套必须在一楼寄存，不许带到教室，感冒了要戴口罩，等等。宿舍和教学楼的 Ikeqi(阿姨、姐姐)每天打扫、消毒，我也格外小心，加强营养，注意保暖，自觉应该没什么问题。上课有学生不舒服，我就允许他回去休息，确定感冒的学生允许请假不来上课。可是，突然有一天，对桌的钢楚伦老师告诉我，二年级的梦和卓拉因为感冒死了！其实并不是所谓的 H1N1，就是医治不及时。牧区来的姑娘，寄住在哥嫂家，有病也没及时治疗，后来肺部感染，一条年轻的生命就这样凋谢了。翻看曾经的合影，腼腆的笑容永远冻结在那里。从那以后，我就特别关心生病的孩子，告诉他们养成良好的生活作息习惯。有学生住院，我因为上课脱不开身，就麻烦学生带水果去看望。

为了鼓励学生上课多说、多练习，我从中国批发了近百件文具，或笔或格尺或笔记本，还有小词典、毛笔、小工艺品、流行歌曲的 DVD 影碟，甚至还有糖果。上课的时候，有表现出色的学生，就当奖品发给他们。毕竟还是十六七岁的孩子（蒙古学生上学较早），积极性马上就提高上来。一次语音课，“左右”、“上下”大家区分得不好，我就想起来用中国的儿歌“我们都是好朋友”来训练，谁先说，说得准，可以自己挑选喜爱的文具，大家兴致高涨，每个人都说了一遍，每个人也都得到了小奖品，从此，“我们都是好朋友”成了大家的口头禅。

春节回来，学生们会带自家做的奶酪在课堂上分吃，郑重地双手递给我时，会连连说：“老师，好吃，好吃”，并示意我快吃。但那黑黑的奶酪真是硬啊，我咬了半天，上面只留下浅浅的牙印儿，只好抱歉地说回家再吃。圣诞节前是学生们最快乐的时候，他们要互赠礼物。事先将所有学生，当然也包括我的名字，写在纸条上，然后经过抽签，互赠小礼物。当事人是不知道的，只有两个负责的人知道所有秘密，直到圣诞前夜才揭晓谜底。我也作为游戏的一员在体会着互送祝福的吉祥和快乐。

遇有周末空闲，不同年级的学生会轮番邀请我去打乒乓球、台球，KTV 唱歌，登 Zaisen 山，游甘登寺。大家一起说笑话，比如谁的哥哥将“苹果”说成“屁股”，某某女同学将“同桌”的男同学称为“同屋”，还让我给每一位学生取好听的中国名字。

他们还请我去看过一场韩国电影《艰难的姑娘》，蒙语字幕，他们用稚拙的汉语尽量为我解说，虽然只是了解个大概的剧情，我也跟女学生们一样哭得一塌糊涂。有时女学生还坦诚地与我交流对爱情、婚姻，对中国、蒙古不同家庭观念的看法，言语中不无对中国的好奇和向往。一有机会学生就向我咨询有关到中国学习、生活的问题。偶尔有篮球、排球、健美操比赛也会事先通知我去旁观、助阵。在外语学院不同语种学生间的各类比赛中，叫得最响的就是汉语的“加油，加油”！几个内蒙古留学生见学生们与我在一起时兴奋开心的样子，开玩笑说：“刘老师，你真红”！这红，我想是缘于友谊，缘于对中国老师的信任和喜爱。

就这样，一天天，一月月，与蒙古学生已经不是口头上的朋友，大家真的成了很要好的好朋友。

1
2

1. 与第一批四年级部分学生

2. 到学生家的郊区别墅做客，旁边白色的是壁炉，没见过吧？！

1
2
3

1. 学生带我和张莉新老师去打乒乓球

2. 和青春洋溢的年轻人在一起

3. 与学生郊游（这个有大佛像的公园是韩国人建的）

1
2
3

1. 教学生包饺子

2. 调解学生间的小矛盾

3. 新年晚会合影

与蒙古的美女帅哥们

跟我出发，加油！

行不离辎重

《老子》第二十六章："重为轻根，静为躁君，是以君子终日行不离辎重……"重是轻的根源，静是躁的主宰，身处异国，要时刻修养自己，始终戒慎恐惧，不急不躁，不卑不亢，有足够的审慎和庄重，有负重致远的责任心，尽量用自己适度、得体的言行彰显华夏中国的宏大气度和风范。汉语教师，不但要教蒙古学生学习汉语，还要让他们了解中国的历史和文化，在中蒙两国人民之间架起"友谊之桥"，这是使命，也是责任。当然，它任重而道远，需要大家不懈的努力。

这里不谈政治，也不多说历史，借用南怀瑾先生讲的笑话来说自己的"行不离辎重"。南师曾调侃自己年轻时出门总爱在手里抓一样东西才觉稳实，两手空空，毫无把握似的，笑称自己是学了老子的“圣人终日行不离辎重”。蒙古的两年，我果真是从无空手出门，无论长途还是短行。因为考虑到蒙古的自然和经济状况，我从中国带了长、中、短三件羽绒服，最厚的高领毛衫，最暖的高腰棉皮靴，纱巾口罩等“防风沙”设备，还有书籍、宣纸、毛笔、墨汁、食物、各种药物补品等等。这些东西在托运行李时着实耗费了我很多精力，不但要在体积上尽量压缩，还要在重量上符合普通舱 20 公斤行李的限重，所以我随身的登机物品就不得不又多又重。好在无论是蒙航还是国航的飞机，均没遇到过太多的麻烦，超个几斤一般也都蒙混过关了。有一个好处是锻炼了自己手提重物和肩背负重的能力，也许对写字有益吧。

然而这种未雨绸缪，防患于未然也多有失当之处。

首先，蒙古的气温虽然较低，但作为教师，步行在外的时间很短，冬季室内的暖气特别充足，无论教室还是住处，只穿一件衬衫足矣。我怕冷，可再备一件薄薄的开衫。最冷的时节，大家穿的也是薄薄的毛衫。对了，蒙古的羊绒衫很好，有与意大利和日本合资的厂家，比如 GOBI、ALTAI，但价格较贵，大家不常穿，尤其是大学生们，都爱买从韩国和中国进口的休闲服。进教学楼，学生的外套、大衣都要寄存到一楼的衣帽间，像原苏联电影里演的一样。老师在办公室换上轻便的衣服和鞋，有的蒙古老师还要换上裙子。他们上课往往都穿正装，而且女士化妆是必须的，这一点，我们中国和韩国的老师反倒有所不及，日本的老师相对要讲究一些。之前最最恐惧的沙尘暴从未遇到。看地图，乌兰巴托四面环山，周边多河流，南面才是戈壁，刮北风时，到中国境内的风沙也不是要经过乌兰巴托的，所以这里的气候还算宜人，尤其是春、秋两季。夏季也不是很热，适于旅游，蒙古的传统节日“那达慕”就在夏天。总之，很多东西都没有派上用场。

蒙古的医疗水平有限，学校旁边有一家韩国医院、一家蒙古药店，但语言不通，从无光顾。只是在办工作证要用艾滋病检查报告时，才去过两次蒙古的医院，也是由学生陪着。因此，我每天上班随身的东西总是不少，其中就有常备的感冒药、消炎药、创可贴等等。办公室和住处备的就更多。其实真正用到自己身上的反而有限，倒是给蒙古老师和学生提供了方便。

此外，随身携带的还有汉英电子词典，记简单蒙语的小笔记本等，随时查阅和记录。因为蒙古高原的日照充足，雨水少，街上的年轻人都戴墨镜。我眼睛有点儿散光，加上也想拉近与蒙古人的距离，所以包里常备墨镜，偶尔懒得戴，这样也就有了被人偷走一款心爱墨镜的经历。

这样有形的“辎重”对我来说并不是负担，某种程度上它是心理安慰，所谓的有备无患嘛。另一方面的重负是还需要承载某种无形的压力，即远离故乡，脚踏异国土地时的些许忐忑、不安和必须的谨慎，要靠自己有效缓释才行。

中华人民共和国成立 60 周年暨中蒙建交 60 周年中国国画精品展上与大使余洪耀先生合影

中华人民共和国成立 60 周年暨中蒙建交 60 周年中国国画精品展上与吴新英参赞、李小可先生合影

去国怀乡

虽然很近，但毕竟是第一次踏出国门。临行，家人帮我做了最最细致、充分的心理和物资上的准备。但初到异地的新奇过后，丝丝缕缕对家国的怀想会时时萦绕心间。2009 年 3 月 28 日，看西藏解放百万农奴纪念晚会，很亲切，又在电视里见到朱军和董卿，一如正月十五在家。说到西藏和尼泊尔边境的藏族大妈日日升国旗，恰如自己郑重地将汉办赠送的《中华人民共和国地图》贴在客厅的一刹那，真的有一种感动！偶然在同事那里翻到一本 2008 年的《小说选刊》，其中有短篇叫《南西伯利亚故事》，描写一只“爱国”的狗，很小的时候从中国被带到西伯利亚，因为体形越来越大，再也没机会被带回中国，它一听中国话就兴高采烈，让人忍俊不禁又心酸不已，多少触动了我那一刻在异乡的敏感神经。思乡的人定是奔波在旅途，爱国的人时常漂泊于海外。真的理解为什么有人不忘故土，叶落归根了。钱学森先生历尽波折回到祖国，也因这浓浓的乡土情。

心里一直在说“不离家，不知家好；不去国，怎味国亲；西出阳关，正是要更真切地体会故人的深情！”

一、真实的爱国情怀

在家时，不常看时政新闻。来到乌兰巴托，却每天不落地收看 CCTV1 的新闻联播，同时还有凤凰卫视的新闻、焦点评论等节目。与家人朋友电话或网络交流时，经常主动聊起一些重大事件，大家都奇怪我怎么突然关心起政治来了。其实一些其他时事我也不无兴趣。总之，只要是与中国有关的事情我都全情关注。每当国内有重大活动，比如 60 周年国庆晚会，上海世博会开幕式，春节联欢晚会，我都邀请同公寓的其他中国朋友一起看电视。喝着中国的绿茶，吃着在蒙古买的瑞士产巧克力，共同体会祖国强大带给每一个人的自豪感。这首白话一般的诗就是那时写的：

遥贺祖国生日

风风雨雨几行程，
六十峥嵘岁月更。
举世倾听中国话，
华人处处喜盈盈。

蒙古学生喜欢唱中国歌，我也经常放一些中国歌曲给他们听，教他们唱。一首似绕口令般的《中国话》不但锻炼他们的口语能力，也满足了我向他们“炫耀”中国语言文化的欲望。“多少年我们苦练英文发音和文法，这几年换他们卷着舌头学平上去入的变化”，“全世界都在学中国话”。“华人”，已不再是落后国民的代表，操着一口“越来越国际化”的“孔夫子的话”，走到哪里，他都应该是骄傲和自豪的。

相信2010年4月14日发生的玉树地震，会让所有身处异国的中国人震惊和悲痛。大使馆下半旗致哀，我也于第一时间给国内单位的同事打电话交代：赈灾捐款时一定不要落下我！久久地凝视着客厅墙上挂着的《中国地图》，我写下了这样的句子，真情流露，没有半点牵强：

情牵家国

并不是很遥远，
乌兰巴托的四季同样冷暖分明，
乌兰巴托的街上，
满是黑头发和黑眼睛。
可是，
自从住处的墙上郑重地挂上大大的中国地图，
牵挂，便如影随形，
那里，
才是我的家，我的国。

从没如此在意过，
从南到北，
自西向东，
像孔雀翩跹的云南，
像猛虎卧伏的辽宁，
似一柄如意横陈的甘肃，

似颗颗明珠熠熠的沪宁，
都引得我久久端详，细细品评。
——我的家国，如此美丽，如此繁荣！

然而，
电波告知家国繁盛中的危情，
仰望头顶的蓝天、白云，
思绪不禁慢慢飘升：
缺水的孔雀何时能够重逢雨露，
震后的玉树如何才能再次娉婷；
闪烁的明珠塔能否永久屹立世界，
沙尘的北京怎样保持清爽的仪容？
渺小如我，
怎可把天地拷问；
愚钝如我，
怎能把宇宙肃整？！
只能默默祈祷：
愿华夏子民富康、吉祥，
祝家国团圆，
安定、和平。

爱国，真的不再靠书本的教育和媒体的宣传，身处异国，爱国情感是自然流露的。一曲《龙文》，呈现了龙子龙孙的热血柔肠：先人是炎黄，子孙血一样。

1. 国庆 60 周年时将自己的小诗写成作品，算是对祖国生日的祝福。

2. 2010 年 6 月，温家宝总理访问蒙古时，街头悬挂的中蒙两国国旗。

3. 大使馆国庆招待会

二、念亲友，赋新词

“家是最小国，国是千万家”。如果说重大事件容易激发普遍的爱国情感，那么，对家乡、亲友的思念则是无时不在的。无论如何坚强、隐忍，每个公派汉语教师对孤独和寂寞都深有感触，企盼“在世界的国”的富足强大，更希望“在天地的家”的平安吉祥。亲人的关怀，师友的祝福成了异乡孤寂生活的精神支柱。我每天睡前都写写日记，且多借助稚拙的诗宽解孤独、舒缓紧张。

行前，系里同事们为我饯行，饭后一起去唱歌，金丹小妹还赋诗一首送我：

愿你富有

再握一次手　明知不能挽留　你终究还是要走　多少祝福酝酿了好久　看着你的眼眸却说不出口　西出阳关　为了追求

朋友　愿你富有

愿你富有　像太阳一样富有　七彩的光芒照彻整个地球
愿你富有　像天空一样富有　彩云飞虹繁星晶莹剔透
愿你富有　像大地一样富有　诗画般的四季冬夏春秋
愿你富有　像大海一样富有　无边无际容纳百川千流

愿你富有　啊 我最亲爱的朋友
愿你富有　失败和成功都能承受　悲剧和喜剧中都昂着头
愿你富有　怀瑾握瑜站在世界巨人的肩头

当时不觉，每每在蒙古重读，感触愈发强烈。与家人分别都没掉泪，在干冷的北国，眼眶却湿润起来，随即填了这首词：

忆秦娥（四十六字，用仄声韵）

空折柳，
举杯邀尽阳关酒。
阳关酒，
相知一曲，
故人牵手。

西行寂寂频回首，
阑窗独倚相思久。
相思久，
归心无寄，
仰观星斗。

发现诗是最好的异乡伴侣，它酝酿、生成、充实、完美的过程，竟是最有效的医治寂寞的良方。所以，每有感触，即记下，留存，不拘平仄，不虑工拙。

本就多愁善感，所以常常触景生情。母亲离世已 12 年。每当心情不很快活明朗，无人倾诉，妈妈就会出现在梦中。日有所思，夜有所梦，夜有所梦，心有所期：

醒

又是寒冬大雪飞，
梦中阿母久睽违。
囊中细捡还乡物，
羞告原非衣锦归。

偶尔身体不适，诸如感冒，嗓子发炎，心情阴郁，便想念家里的温暖。逢季节转换或传统节日，思乡尤甚，所以留下的伤感最多：

清明

其一

日日狮桥蹙颈行，

不知桥下草初惊。

南山远望参差雪，

却伴清明细水生。

（注：每日到教室上课，都要经过一个小桥，名为“狮子桥”。站在桥上，远处有冰山，脚下有流水。）

其二

梦里慈容在，

犹闻絮语声。

不言羁旅苦，

忽忽已清明。

寒露

隐隐觉天凉，

才知夜更长。

不由思故里，

遥想菊花黄。

重阳

又到重阳九月间，

无暇极目在高山。

只知异国床前月，

同是依稀泪影斑。

元宵

十五月儿圆，
形只影亦单。
家人频问讯，
怎解寂无边。

乌兰巴托答友人短信

又至清明百草荣，
友人寄语慰离情。
遥知满目梨花艳，
缱绻乡愁梦不成。

端午

炎炎夏日至，切切数归期。
屈子南国恨，昭君故土思。
双五重福义，单形只影随。
不知汨罗殿，何为寂寞炊？

去愁

千载中秋明月夜，
惹人苦诵别离词。
圆缺自古生悲怨，
吾意从今不读诗。

诉衷情 中秋

最愁月满掷清光，
寂寞影斜长。
案前笔墨无趣，
洗砚倚寒床。
离梦苦，
是寻常，
自神伤。
正宜欢宴，
当告还乡，
侍奉高堂。

乌兰巴托少雨，下雨是蒙古人认为最吉祥的时刻。我们打伞或者在檐下避雨，年迈的蒙古人会伴着夸张的手势，高声“指导”我们：让雨落在你的头上吧！但是，从小浸润在中国传统文化氛围里，我在雨天还是会顾影自怜地伤感起来：

乌兰巴托的雨

淅淅沥沥的雨，下了很久。
如此天气，
在这无际高原，显得那般珍贵和稀有，
人们宁愿拎着伞，
在吉祥的雨中停停走走。
可昨日窗台上的鸟儿，
却不知正在哪里停留？
逐渐潮湿的心情，
不由得将牵挂系上眉头。

人说愁词易工，我的诗句也多有“为赋新词强说愁”的意味，实际上也并没有如此悲苦。但今天回想起来，每天睡前写点文字留存下来，在当时是最好的心灵慰藉。

2010年重阳节，登上乌兰巴托海拔2700多米的最高峰。曾经有诗句“登高目及三千里，恨不身轻过纸鸢”，用在这里，当为恰切。

三、“家”的意义

计划出国得到了老爸的热情支持。虽然见识不多，学问不大，又年逾古稀，他却异常开明，从不羁绊我的任何决定，鼓励我拓展视野，开阔生活空间。自母亲去世，一直和父亲生活在一起，但家里姊妹的关照还是无时不在，我的付出并不是很多。老爸身体很棒，体检时曾有医生说六十多岁的人有三十岁的心脏，这主要缘于他良好的心态。印象最深的是老爸告诉我“吃亏是福”，我把它当成座右铭，即使做不到，也可在失意时做自我宽慰的良药。再有就是从年轻时养成的勤快的习惯，他至今坚持每天上班，虽是自家的小企业，也是兢兢业业，风雨无阻。然而，临行的顾虑还是很多，古人言“父母在，不远游”，老爸年龄越来越大，对“老丫头”无形的牵挂会不会成为他沉重的心理负担？哥哥姐姐要工作，晚间还要轮流来家照顾他，毕竟不如有我整天在身边让人安心。但一切在他看来都无所谓，向我保证：“去吧，我一定没问题！”

听姐姐说，我刚到蒙古的时候，老爸也是寝食难安，即使接到了我的平安电话，也在猜想我一定是“报喜不报忧”，直到我用E-mail发了我在蒙工作和生活的照片，他才算放了心。

后来，每有与蒙古相关的新闻，老爸就异常关注，偶有我电话或信件不及时，他便会催促我姐姐询问。我告诉他，中国现在是如此强大，驻蒙使馆无时无刻不在关心我们这些在蒙人员的安全，真的有什么事情，不等我自己通知家里，大使馆和国家相关部门就会联系家属了。这句话真管用，他从此真的不再为我挂心了。

独自一人在外，虽然工作繁忙，还是时常给家里打电话，听听家人的声音，心里舒服。细心的姐姐、嫂子们总是不厌其烦地询问我衣食起居的方方面面，我通报之后也就少了许多思乡之苦。本来每回电话都要老爸接一下的，偶尔家人说他在室外锻炼，或在园中种菜，连续几次不见他接，我就会做起噩梦来，以为他有身体或其他问题家人搪塞。一次，又是姐姐说“家人都很好，老爸正忙，不接电话了”，我又狐疑瞎猜，坚持要他来接。隔了很长时间，才听见老爸进门的声音，喘气很粗，说刚才在车间干活呢，跑步过来的。姐姐们在旁边开玩笑说“快与老姑娘聊几句，她想你了”，这下可好，他“哈哈哈”在电话那边一发不可收拾了，最后好不容易止住笑说：“都挺好，不知道说什么了。”足够了，有他的笑声，一切无端的牵挂都烟消云散了。

这也许就是“家”在每一个人心中的意义。无论在外面多苦多累，人们一想到家，想到记挂自己的亲人，会干劲倍增；无论在外面多风光，没有家人分享幸福，那真是锦衣夜行，索然无味。过去人说“衣锦还乡”，此锦非彼锦，我要展示给家人的，不是华服和丽饰，而是健康的身体，良好的心态，出色的工作，快乐的生活。

归国全家聚会时，用从蒙古为老爸买的驼绒坎肩、皮质手工拖鞋，再加上为自己买的毡帽，给老爸“武装”上。时值酷暑，74 岁的他童心未泯，主动配合摆POSE，笑得大家肚子疼。

四、文化震荡中的调适与定位

——一个汉语教师的心灵之旅

2004 年考“对外汉语教学资格证”之前，看了很多与文化相关的书，平时在针对日本和韩国留学生的教学中也真的感受到不同文化间有形、无形的隔膜与冲突，那时便对“文化震荡”一词有了极深的印象。它是在跨文化交际中，文化差异必然引起的心理反应，是在非本民族文化环境中生活或学习的人，由于文化的冲突和不适应而产生的深度焦虑的精神症状。(《对外汉语教学理论与语言学科目考试指南》)

初到蒙古的感觉还不错，起码比在家想象的要好一些，所以专家指出的“观光期（蜜月期）”的确出现了；随着时日的增加，兴奋过后，生活千篇一律，工作日渐繁忙，必然会有“挫折期（文化震荡，也叫文化休克）”，经过长短不同的“逐渐适应期”，最后才到达“接近或完全复原期（适应期）”。哈哈，自己确实有这样的经历呢。而在这一系列过程中，我所凭借最好的调适方式就是“日记”，还有偶尔拼凑的我的“蒙古写诗”。每日睡前与自己聊天，用键盘敲出一日间的所见所闻、所思所感，现在回想，其中蕴含了太多无形而珍贵的财富。择取诗词中相关几首，权作对过往心情的回顾。我不是诗人，只是一名工作在异国的普通汉语教师。

（一）使命感和幸福感

行前做好了到艰苦地区工作的思想准备。初到异地，把自己当成光荣的文化使者，“乐得行吟多历览，天骄故里汉文传”的心态让我处处留心，收获了许多新鲜的感受，继之常常有莫名的欣喜。

蒙古心情

蓝天做被白云毡，
南有冰山北涌泉。
狮子桥头狮子笑：
清风是伴比神仙。

春游蒙古包

暂别诗书漠北行，
白云做伴好心情。

主人好客将新酒，
拣选羊牛为我烹。

特里尔基

四围环山草居间，
牛羊成群水潺潺。
从此不羡神仙所，
高原亦有美容颜。

（二）如影随形的孤寂和思乡之情

无论如何坚强、隐忍，处在相对陌生又局促的环境里，语言的障碍，生活习俗的差异，对孤独和寂寞，对世事人生都会深有感触，笔下的东西自然就伤感起来：

傻

独自扛着
短浅的虚荣，
把自己禁闭在
挂着心锁的牢笼。
年少时编织的美好梦境，
随枕边零落的发丝，
消逝得只剩依稀的轮廓，
显得那般支离、迷蒙。

但，
每一步的抉择，
都摆脱不了对那一份初始心绪的服从。
这曲折的心思，

拘谨的情怀，
已经牵累自己在独行中迷了路，
怎么却还是渴盼着那一刻——
与前世缥缈的缘分重逢？！

那敲打西窗的过客，
同是孤独的风，
在瑟缩的月影下，
细诉寂寞的情有独钟。
青春愈远，
痴心愈浓。

虞美人 春秋

晨风瑟瑟狮桥冷，
无意观秋景。
人人行色只匆匆，
可叹迷迷惘惘奔西东。

远山流水年年在，
未许痴心怠。
春风最暖也无情，
一任万芳寂寂杳无声。

（三）调整与适应

“It was in here，in here”，“That is yours”，这是《肖申克的救赎》中杜弗伦被独囚两周后对狱友说的：“有莫扎特陪我”，因为“他”在我脑中，在我心中，所以不寂寞。这恰如苏轼的“耳得之而为声，目遇之而成色”，二者真有异曲同工之妙。是的，我也是不该寂寞的人，内心如此充盈的人怎么好意思寂寞？！造物有无尽的宝藏，有“别人夺不走的希望——hope”，每当郁闷、无聊，想想有意义的东西，随性“取之”、“用之”，亦如中华小姐环球大赛主题曲“不管孤单也要唱”，这种情怀才是最智慧的。

在日复一日的工作和生活中，逐渐找到方法自娱自乐，自我宽解，真正地让内心平静和快乐起来：

生活·乌兰巴托

这七百天的生活，
当成艺术品来过，
即使买菜、做饭、睡觉和上课。

挑青椒，
要搭配黄色和红色。
喝酸奶，
要拌上紫紫的沙棘果。
牛羊肉一定调出色、香、味，
煮面条还需有虾仁佐。
汉语课，
有声，有图，有唱和，
美丽的方块字，
多多地满黑板写。
字音朗朗，
一声声，
悦耳动听的汉语，真真切切！
一天的生活，
开始于挤进窗的朝阳勾勒出花布帘的轮廓，
消歇于蒙古学生“晚安”短信营造的美丽王国。

因为拥有让亲友担心的寂寞，
反成就了完美的情调生活。
时而悠扬、时而急迫，
时而厉舞、时而婀娜，
抑或白描、抑或重写，
抑或散文、抑或诗歌。
张弛有节，文武之学，
原来生活可以这样多彩而自得。
即便孤独，即便忙碌，
用心享受这份真正意义的生活，
它永远不属于无聊的调侃和妄自菲薄！

成长

额尔登特的敖包上，
停了一只乌鸦。
那里的人说：
这儿的乌鸦比鸡大。

吉祥还是厄运，
其实不管乌鸦它在哪儿。
只要心怀梦想，
再浓重的黑色，
也终归遮不住光的四通八达。

自我

不要去想象别人的生活，
努力掌控自己的快乐。
在羡慕别人拥有的时候，

失去的可能更多。
每个人都有生命的低谷，
其实神仙也寂寞。
所以珍惜当下的自己，
做一个知足、自信的我。

自适

室中无菊亦无梅，
却见窗边稚鸟徊。
盈耳啁啾传惬意，
无须兰竹四围栽。

好了，一切经历，无分优劣，都当做缘分。经历本身就是财富，我喜欢这样的经历，我也珍惜曾有的这段心路旅程。

用果酱在酸奶上制出图案，这可以让心情大好

1
2
3

1. 刚刚买回的新鲜蔬菜，除了看质量，还注重颜色

2. 自己做色味俱佳的凉菜

3. 自制牛奶面饼

自制的西餐

五、怀念张子明先生

离家二载，其间发生了一件令我深感遗憾的事情，说来不免黯然神伤。

原抚顺市书法家协会主席张子明先生是我尊敬的师长，在书法学习上给了我很多有益的指导和帮助。蒙古行前，他特意设宴为我饯行，席间有李家辉、李春祥、王晓峰、张玉峰等诸书友，后来喝茶时孙莉姐姐也专程赶来。当时恰逢新春，张老师专门篆了“大吉祥”相赠，落款是“丽颖女史大吉祥如意！”并开玩笑说，今年牛年，希望在座诸位“牛转乾坤”，引来大家开怀一笑。

暑假回国探亲，特意在蒙古带了纪念品准备送给张老师。但到家的当晚，即惊闻张老师已于6月15日溘然长逝。责怪大家为什么不曾告知？！也后悔自己为什么当时没有及时关注书法网的消息。本来在蒙时是经常浏览各种网页的，偏偏因为第八届“汉语桥”大学生中文比赛的培训工作甚为繁重，从5月开始集训，期间还同时开始了对参加第二届“汉语桥”世界中学生中文比赛选手的初期培训，加上要回家度假，办理签证等诸多手续很是麻烦，每天竟少了关注新闻的时间。5 月的时候曾与张老师的夫人通过电话，知道张老师在住院治疗，但每晚都会回家，感觉病情应该不重，想着到家即去探望。怎曾想到他不久竟撒手人寰呢？过后书友都说，想过要特意通知我，但知道无论如何也赶不回来参加葬礼，大家当时忙得焦头烂额，心情也多阴郁，随即作罢。

后悔也是来不及的，人已远去，纠结于此无益。到家里探望张老师遗孀杨老师，刚刚入住半年的新宅还依稀能够感受到张老师的气息。窗前长中短三个可爱的风铃叮当作响，那是张老师乔迁新居时最得意的小物件，照比其他颇有经济和文化价值的收藏，它们寄寓的是张老师对未来的诸多期许和美好愿望。但刚强的个性、年轻的心态也终归改变不了命运的安排。客厅里高大的绿色植物郁郁葱葱，杨老师说一定把它们照顾好，似乎要让张老师的生命在它们身上悄然延续。她还从里间书房拿出张老师生前两三个月的一摞画作来看，均没有落款，是留待展览还是欲出作品集？几张用铅笔设计的印稿，痕迹很重，力道甚足，可以想见，即使在病痛中，张老师手执刀笔时也从无懈怠，矻矻钻研，全情贯注。也许，恰恰是这种专注，耗尽了他最后的精力和心血？！所幸能够一直从事着自己珍爱的书画印事业，在生命的最后一刻，他也应该是欣慰和满足的。物是人非，听闻杨老师描述张老师去世前的诸多言行，自是不免陪她一同唏嘘落泪。

阳历 7 月 19 日是张老师的五七祭日，与书界几位朋友随张老师的一双儿女到殡仪馆祭奠。一捧鲜花，道不尽缕缕哀思。回想张老师生前种种，叹造化弄人。张老师与共和国同龄，恰逢六十本命辞世，那“牛转乾坤”难道成了可怕的咒语？本说好我从蒙古回来大家再聚，可世事多变，此时心情已晦暗难明，有诗记录：

祭张子明先生

其一

临行饯别未嘘唏，
何料归来物事非。
“牛转乾坤”成谶语，
接风是诺怎相违？！

其二

一任人间画印传，
孤行驾鹤不回旋。
为寻真佛何辞苦，
率意西游奔远天。

再回蒙古，每当写字，看画展，也时时忆想起张子明先生。张老师生前喜欢写“得失随缘”，至今不明白何谓“失”，哪个又“得”了呢？我应该算是唯物主义者，但从不讳言喜欢佛家的旷达无碍，偶尔将盖有张老师刻制的半面佛印的手书小楷《心经》拿出来读读，“无挂碍，故无有恐怖”，“无老死，亦无老死尽”，“不生不灭，不垢不净，不增不减”，这些智慧的偈语，给人宽解，疗人心病，也恰映照着他和他的作品。希望自己能慢慢修炼，藉之增些福慧吧。后来抚顺市书协主席团开会，新当选的抚顺市书协主席董文广先生还提到，以后有适当的时机，征得张老师家属同意，可筹备张子明先生遗作展并将其作品结集出版。希望有这样的机缘吧，届时我当尽自己所能，全力投入。

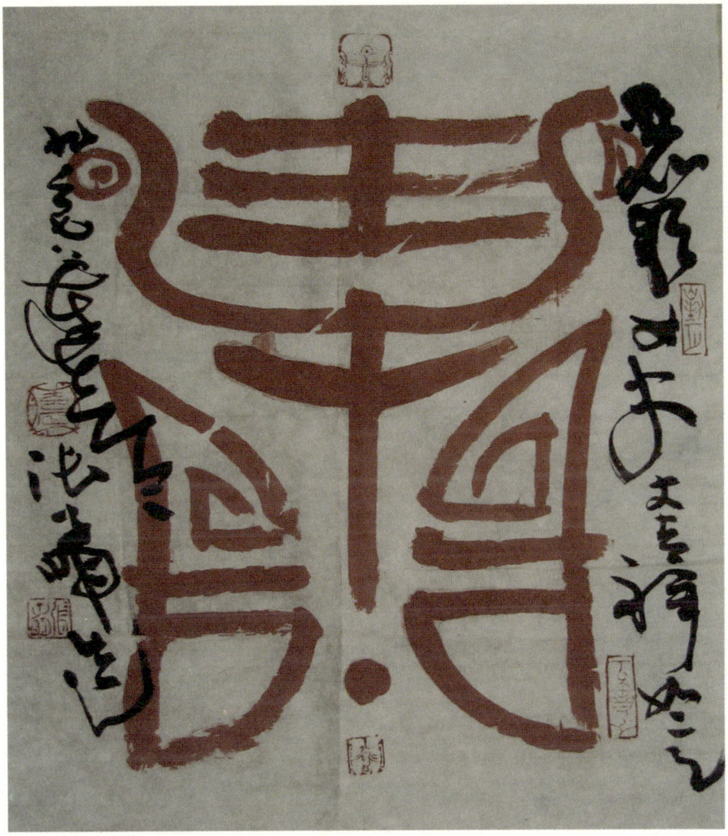

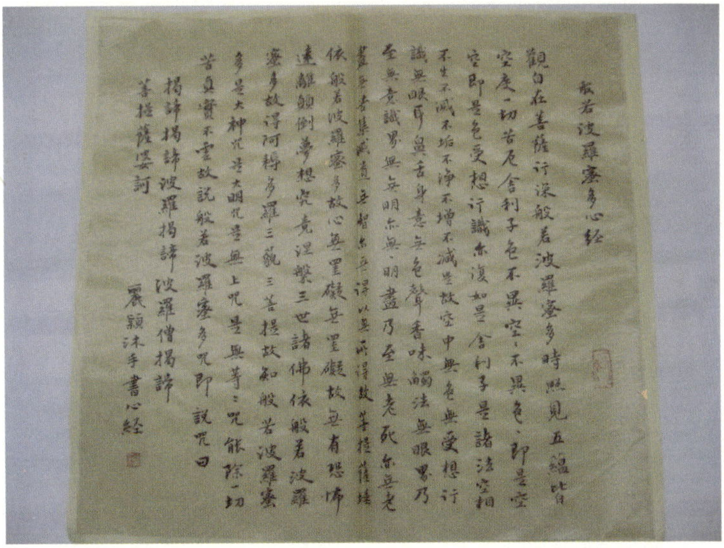

1 | 2

1. “日月吉祥”——张老师独特的印画寄寓着浓浓的祝福

2. 在蒙古抄《心经》（右边的印章即为张老师所制）

生活在乌兰巴托

来蒙古之前就听到过“蒙古人的幸福指数很高”这样的说法，不知是根据什么样的指标得出的结论。身处蒙古国，接触最多的就是教师和学生，确实能感受到他们的快乐和无拘无束，即使是打扫卫生的阿姨，也整天乐呵呵的，擦着地板都能听到她们在哼唱小曲儿。闲谈中，大家提到蒙古的自杀率很低，只在2010年5月，听闻国立大学一名在国外攻读博士学位的教师突然自杀，引起很大反响，不知是因为学业压力太大还是独自身处异国的孤寂无法排遣。

蒙古人是一个马背上的民族，逐水草而居，与天地相俯仰，自然是性格豪爽，待人热情，心胸开阔，懂得随性享受，这也反映到他们生活的方方面面。

以消费观念为例，他们普遍没有存钱的意识。无论教师还是学生都有几套风格各异的礼服，以备不同的场合穿用。女士的首饰、化妆品更是多如繁星，而且随身携带，这大概也是受到西方尤其是前苏联的影响。每逢节日，首都乌兰巴托大大小小的商场都会人潮涌动，热闹非凡，似乎是倾城出动，举国欢庆。有记者曾随意地调查，在蒙古，一束鲜花的价格大约合人民币 100 元左右，冬季更贵，这对月收入只有几百元的普通蒙古青年来说可不是个小数字，但每逢特殊的日子，鲜花和蛋糕经常卖到脱销。我便多次收到学生送来的鲜花，毕业典礼、圣诞节、新年晚会。随便打听一下，他们会说，“挣钱不就是为了花吗”，开心就好。

蒙古的工资一般是半月一发，所以持有这样消费观念的蒙古人自然多有借钱，借的倒是不多。听说蒙古还有很多当铺，因为没有汉字招牌，我逛街时从没发现。每月中旬，大大小小的银行、提款机前就会排起长长的队伍。一些青年人取钱时竟多为几千图，相当于我们的几十块钱，可见他们的存款真的是不多，蒙古毕竟不发达。很多学生上学期间都在外面打工，赚取自己的零花钱。

在一起闲谈时，到中国留过学的蒙古老师经常会表现出对中国人攒钱、节俭习惯的不理解，其中不乏些许讽刺、揶揄之意。事实上，一方面是蒙古传统习俗决定了他们的行为习惯，另一方面蒙古的社会保障体制也还是很到位的，比如社会、医疗保险等。听说上个世纪 90 年代之前，所有人上学不花钱，公民坐车都不用买票，最近也有报道说，蒙古国家开矿，给全民分股，让他们都成为股东。蒙古人的性生活也较为开放，这也似乎与地广人稀，国家鼓励生育，相关配套福利较好有关。听说生育孩子多的妇女会被授予“英雄母亲”的称号，而且生的越多，国家的资金补助就会越多，至于是否登记结婚并不特别强调。对比现在纠结烦恼于独生子女教育贵、教育难的中国夫妻来说，他们真的很幸福。

除此之外，人口不多，生存压力小，竞争不激烈，也使蒙古的许多年轻人照比中国孩子要显得散漫、随意一些。一次主考 HSK，这可是国家级的、在中国或许会造成个别考生失眠的考试，有学生到开考时间还不来，打电话，回答："刚起床，一会儿到"。这可不是个别现象，诸如缺考、忘带准考证、身份证的现象也很多。周日，除了国营的大商场准时 9、10 点钟开门营业之外，你 12 点之前到一些工艺品店、服装店基本上是要吃闭门羹的。农贸市场的商贩也说不准周六或周日哪天就会给自己放假。蒙古国的“白月节”相当于我们的春节，初一初二商场都是关门的，他们可不为提高营业额而放弃自己的休闲娱乐时间。街上也时常出现无家可归的乞丐，但多是喝得烂醉。蒙古老师介绍说，经济危机以来，涌到乌兰巴托的牧民越来越多，国家会定期地发给一些补助金或帐篷，但有些人会把帐篷卖了换酒喝。只想当下的快乐，不想明天的去留，难道就是这些人的幸福？

快乐的蒙古国大学生

1 | 2

1. 蒙古人热情爽朗，能歌善舞。这是赞美祖国母亲的歌。

2. 蒙古人喜欢唱歌。这里的 KTV 里有蒙、中、俄、英、韩、日等多种语言的歌曲。由此，乌兰巴托的国际化可见一斑。音响设备则大多是韩国的。

对了，在乌兰巴托有很多真正会享受生活的人，差不多每家每户都在牧区、乡下建有别墅，暑期举家开着车去度假，骑马射箭，其乐无穷。

整天面对这样的蒙古友人，看着他们随时洋溢着笑容的脸，我单是忆想一下自己在那里两年的生活，就已经觉得很幸福了。

一、衣

有一次学生跟我说："老师，一看你穿的衣服就知道你是中国人！"哈哈，这应该令我自豪，变不了的中国魂嘛。一直觉得自己着装从不张扬，走在蒙古的街头，也跟来来往往的人没什么两样，不知他们的感受从何而来。

来蒙古，一年四季的衣服带得很全，一般上课穿得整洁、舒服即可。正装只在重要场合才穿。蒙古人很重视仪式，新年晚会、毕业典礼，学生会再三叮嘱我："老师，一定要穿裙子噢。"所谓入乡随俗，而且也很想密切与蒙古师生的关系，但中国老师真的适应不了她们的浓妆艳抹和袒胸露背的晚礼服。画个淡妆，穿一身西式制服也便很好了，庄重大方又不失礼节。

我认为羊绒衫是蒙古最好的产品，虽然样式不如中国的新颖、多样，却不乏简洁、大方之处。除了给自己买的，还给家里每人买了一件，他们都很喜欢。事实上，我在蒙古穿绒衫的机会也不是很多，教室里秋冬都很暖和，很多时候穿线衫就行了。回国的时候，将大部分从国内带到蒙古的衣服送给了学生和宿舍的阿姨，我穿衣服精心，都七八成新，她们异常喜欢。

1
2

1.GOBI 春夏羊绒衫展示会

2. 蒙古的 ALTAI 羊绒衫专卖店，服饰有强烈的民族风。

二、食

在蒙古，我最觉享受的美食就是牛奶和羊肉。用微波炉加热牛奶，上面会有一层厚厚的奶皮。酸奶更是香醇无比，黏稠得可以将塑料羹匙立在碗里。其他的奶制品也很多，奶酪、黄油、沙拉酱，这在国内因为脂肪含量太大，往往拒绝食用的东西，在蒙古我则大快朵颐。住处向东步行三四分钟就是一个很大的农贸市场，有一个很好听的名字："白云左勒"。一层是副食，二层是服装、鞋帽，地下是米、面、蔬菜、饮料。第一次去那里，一楼浓重的腥膻味迎面而来，感觉直呛得慌。摊位上都是整只或半只的牛、羊，冬季还有大堆的马肉，不食荤腥的人到这里恐怕会受不了。在蒙古如果不吃肉，那就太亏了，而且也不易适应那里的气候吧。鲜美的羊肉炖出锅来，谁也禁不住诱惑。蒙古人多是整只羊买到家，冻在冰柜里。听说吃住在一起的三个中国女志愿者教师，一个冬季吃了两只整羊。一只羊合人民币也只有200来块钱。但是再喜欢吃，我的胃口也不大，零零星星地买个四斤五斤的，卖肉的商贩会很不屑。后来也学会一次多买一些，冻结实后，切成片儿，放在冰箱里，随时取用，很方便。蒙古最好的大米就是进口的"东北大米"，所以我只买一些熬粥喝。我喜欢蒙古的面食，本地产，纯绿色，绝对没有添加剂，做成的各式面包里，黑褐色的我最爱吃。后来为了充分利用资源，我买小袋的面粉，用牛奶和面，自己蒸馒头、烙饼，再就着羊肉炖土豆配食。看着中文电视节目的晚餐，我的惬意可想而知。

蒙古的蔬菜水果很贵，多数是进口的。牧业为主的国家，气候和土壤条件决定了从事农业的人少之又少。一个学生在作文里写自己的父亲是"农民"，我还纠正她，以为把"牧民"写错了。了解一下才知道，她父亲果然是这少之又少的人之一，从这学生日常生活的宽绰可知，农业带给她家的收益一定不少。每次买菜，会说点儿中国话的女摊主指着其貌不扬的土豆、胡萝卜、黄瓜说“蒙古的，蒙古的”，她们知道自己的东西是绿色食品，中国人自己也不喜欢农药催生出来的东西。蒙古本地人以肉食为主，蔬菜购买量不大，黄瓜都是一根一根用保鲜膜包着卖。一次上课说到茄子，有些学生不知道，我便将自己买来的茄子带到课堂上，他们恍然大悟，市场里看到过，但是不知道怎么吃。进口的蔬菜自然是贵，有一次，花 2200 多图（人民币 10 多元钱）买了一棵大白菜，回家看电视，CCTV1 新闻联播正说国内秋白菜滞销，5 分钱一斤还没人要，很是郁闷。在大型的超市里，各式各样的水果光鲜亮丽地摆在那里，标签上书“Chinese fruit”，可比国内要贵许多。我平时最离不了的是苹果，富士一般是 3500-4000 图一公斤，合人民币将近 10 块钱一斤。就近的市场，稍微小一点，2500 图，我每天都要吃，所以经常去买。不知什么原因，也许一直是靠储存，从无应季新鲜的，这个苹果的价格始终不变，所以我学得最好的蒙语就是数字，听得最熟、说得最溜的就是“好优肉绵噶 - 塔乌 - 奏”，即“2500 图”。

根据我在蒙两年的生活所历，以乌兰巴托为例，食品类一公斤的价格大致如下（1 元人民币相当于 180-220 图），其价格随季节变化也很大，特别是蔬菜：

肉	米面	果蔬	奶蛋
牛肉 3500-6000 图 羊肉 2500-5000 图 马肉 2500-4000 图	2000 图左右	3000-6000 图	蛋约 3000 图 奶约 1500 图

其实，并非蒙古不产水果。因为地势高，气候条件适宜，蒙古的西北部也出产大量的西瓜、苹果等。但那里本地人口少，运输和保鲜的费用又太高，所以乌兰巴托就吃不到那里的鲜美水果了。现在人们想出的最好的解决办法是就地将水果加工成饮

料，运到城市销售，无防腐剂和添加剂。我后来也经常买蒙古的水果饮料，尤其是沙棘果汁，既营养又好喝，沙棘果酱也成了我早上必备的佐餐食品。

有时，几个中国老师还会结伴到稍远的更大的农贸市场去，不一定买很多东西，走走看看，各国各地各种商品，很有意思。有时还去有名的“中国超市”，买些醋啊，调味料等地道的中国风食品。中秋节，这里会卖月饼。总之，能想到的中国副食应有尽有，但是商店的牌匾上却见不到中国字。

奇怪的是，在肉类产品极其丰富的蒙古，很多人却都崇信清海无上师（Suma Ching Hai），有一个电视台成天播她如何传法布道。她极力主张素食，不知道在这果蔬奇缺的蒙古，人们怎么践行上师的主张。这样看来，牛奶真是好东西，既有营养，又不算杀生。对了，蒙古人还嗜酒，商场里除了蒙古本地产的伏特加（VODKA）白酒、马奶酒之外，还有来自各国的果酒，而且都是正宗的，绝无假冒伪劣。法国葡萄酒分为不同的档次，品种繁多，光五颜六色的包装就让你眼花缭乱。与之相应，醉鬼也较多，时常会见到横卧街头者，需要警察来干预。针对这样的情况，蒙古政府隔一段时间就会设置“禁酒日”，这一天超市商场的酒类货架会完全封闭起来，任何人都不能破坏这个规定。

除了在家自己做，我中午也在食堂和快餐店就餐。学校食堂多是蒙餐，价格便宜，而且可以随到随做。刚到蒙古时，曾对各种蒙餐店和各国美食很感兴趣，去了“库仑”、“相扑”、“韩国Seoul Restaurant”等，还因为好奇，与韩国志愿者金奎熙老师一起去乌兰巴托饭店的6楼吃过一次印度餐。时间一长，觉得还是中餐对味。大使馆或学校有活动，均选择中餐厅，常去的有大使馆对面的“唐龙”，狮子桥东边的“联合”，甘登寺附近的“中国饭店”，还借参加人文大学汉语节的机会去过一次距市中心较远的“金帝酒店”，规模很大，老板应该是很有实力的中国人。

上课谈到“鱼”的时候，多数学生不喜欢吃，我则经常买市场里熏好的蒙古河鱼，很好吃的。讲到“虾”，大多数学生都说不知道，画在黑板上，也说没见过。果然，一次在中餐厅与系秘宫杰吃饭，点了一大盘虾，临走打了包让她带走，她高兴地说要让他爱人尝尝，从来没吃过。大概他吃了也不一定喜欢呢，这就叫“饮食习惯”吧。

1. 这就是乌兰巴托的著名的超市SKY，用地面积极大，漫遍了整个山坡，楼层却不是很高。蒙古真是不缺土地。

2. 街头餐吧里卖的羊肉串，3700图一支，不便宜，但绝对正宗，不掺假。

1
2
3

1. 蒙餐（一）

2. 蒙餐（二）

3. 蒙餐（三）

这种蒙餐，相信一般的中国人都不习惯长期享用。

三、住

蒙古相对落后，与发达国家的条件自然是不能比，而国立教育大学专家老师的住宿条件又是在蒙教师中最差的。蒙古国立教育大学是蒙古最高学府之一，其在蒙古的地位和作用应该绝不逊于北京师范大学之于中国，更何况它还是蒙古最大的培养教师的学府。但是相对于其他高校，教育大学的经济状况并不好，原因大概与师范生学费较低有关。还听外语学院院长说，学生每年放假往返的车费学校还要给报销，这种种原因自然会使学校的财务状况较为紧张。同样是蒙古教师，这里的工资照比其他院校的教师也要低很多。具体情况不详，与我有关的，就体现在住宿条件的差别上了。好在一室一厅，独立卫生间，虽然不很大，却还温馨、整洁，保洁员会将走廊、门厅的卫生打扫得干干净净。一楼 24 小时有守卫，照比其他老师在外面租住的房子来说，安全性要好很多，所以我也还算基本满意。有时赶上没课，守卫的阿姨因为交接班没看到我的出入，会上楼来看我是不是在家；晚饭后在门口散步，阿姨还会主动把大门开着，让我有十足的安全感。

可是，因为年久失修，这里经常会出现停水、停电、墙壁渗水、窗户漏风等情况，灯更是三天两头地出毛病，也不知是灯具或电线本身质量不好还是安装有问题。一次电工修理电路，我提醒他将吊灯灯罩拧结实，别悬着，看着就害怕。翻译告诉我，那个电工开玩笑说“中国老师怕死”！我心想，死于此时此地此种原因，岂不是天大的冤枉！知道他们干活也真的不是主观上糊弄，客观上就是那样的水平，而且毛糙是习惯，都不很在乎。有时他们会轻易将自己的手弄破，我还要马上拿出创可贴为其包扎。听别的中国老师说，他们住的房子，租金再贵，也是经常出毛病。国立大的钱老师讲，有一次房东过来给修理水管，很是不情愿，对翻译说，你看，这就是你们中国生产的，质量不好。过几天，买来了新管子，底气十足地说：这回我可是花高价钱买的德国生产的，质量最好！钱老师一看，上面还是写着“Made in China”，老太太不懂英文。但，也的确不好再说什么。蒙古的大量日用品要靠进口，中国商品占了绝大多数。一些中国商品以次充好，的确伤害了一些蒙古人的感情。要知道，在蒙古，是从来不生产假货的，原因很简单，如果掺假，成本反而会更高。在蒙古买皮货或绒毛制品时一般都是真材实料，因为蒙古只出产这些纯天然的东西。比如，在蒙古买一床纯驼绒被只需人民币一二百元，而买一床化纤的七孔棉被则需要三四百元。真的希望随着经济的发展，童叟无欺成为世界上所有商家的共识和准则。

入秋的时候，宿舍的管理员会安排保洁的阿姨来给房间保暖，方法是将报纸在温水桶里沤上几个小时，待其柔软，用工具将其塞在窗户缝隙里，天一冷，很快就冻结实了，还真的密不透风。但个别地方脱落了就很麻烦，我只好用自己写过的宣纸和毛边纸塞进去。第二年，我就事先准备好了胶带，天一冷，自己把窗户先封个严严实实。可因为是老式的木质窗户，胶带也不时脱落，只好再塞，再粘。

这些都不是大问题，住在这里最觉烦恼的是隔音不好。因为是留学生宿舍楼，三楼除了我之外，其他五六个人共用一个卫生间。这里住过俄罗斯、日本、瑞士、土耳其还有中国的志愿者和留学生，大多有很好的修养，但个别人习惯夜生活，可能到半夜零点以至2、3点钟才洗澡睡觉，偏偏卫生间在我隔壁，水龙头靠近我床头一边。因为时常停水，水压不稳，开水龙头后会像打机关枪。也是我敏感，睡觉轻，经常会在睡梦中被哗哗的水声吵醒。在蒙古半年后，我即开始耳鸣，不知是否与之有关。

2010年4月，中国玉树地震之后，蒙古也开始重视并加强预警，派了很多从事地震研究的人员到中国，还在大中小学开展地震演习。又传说某喇嘛也算出近期哪里会有大地震，一时弄得人心惶惶。一次上课，学生突然想起来问我："老师，您知道今天下午1点40分地震吗？"令人啼笑皆非。一向很少经历地震的蒙古人真的不太知道地震是怎么回事，他们还不了解地震是不可能精确预测的。大概也的确是处在同一个地震带上的原因，蒙古随后还真的发生了几次强度不大的地震，基本没什么影响。晚上躺在床上，我看着棚顶预制板间大大的裂缝，猜想它能够承受多大强度的地震，还猜想着乌兰巴托最安全、结实的住处应该是图拉河边那奢侈、漂亮的庄园、别墅，还有城市周边零零散散的蒙古包，或者，该不会是俄罗斯大使馆吧，它可号称蒙古最雄伟高大的使馆呢，哈哈。对了，还猜想过，当年成吉思汗拒绝入住豪华宫殿，一直钟情于自己的蒙古包，除了习惯使然，也许真有避震的预想呢。谁不怕死呢，生命何其珍贵！相信以后的蒙古建筑也会像中国的一样越来越结实，越来越经得起风霜雨雪的考验吧。

在我的住处，墙上特意贴上中国地图

从蒙古国艺术家的绘画里可知早期游牧民族的生活状态

四、行

在蒙古，基本上看不到自行车。蒙古不产汽车，但因为进口关税低，差不多每家都有自己的汽车，当然档次明显不同。经常看到气派的奔驰和路虎呼啸而过，而更多的则是二手车。蒙古车辆除了付油钱，不交任何费用，所以消费不高。但与日益增多的车辆不相匹配的则是落后的路况。我每天经行的东西向和平路一直通到苏赫巴托广场，是乌兰巴托最主要的交通干道，但这里经常塞车，尤其是雨雪天。有时学生迟到真是公共汽车的原因，没有办法。2009 年暑期，这里进行了一次大规模的扩宽和维修，开辟了地下通道，但情况还是没有太大的改观。那么多的车辆，在如此狭窄的双向六车道上，其拥挤程度就可想而知了。尤其是冬季，早晚上下班时间，汽车尾气严重，在路上我尽量戴上口罩。因为语言不通，坐汽车还可能遇到小偷，所以我们中国老师出行基本是步行，除非很远的路才要打车。正规的出租车之外，还要特别小心私家的黑车，有一位中国老师曾在车上被讹去几百美元。

出入蒙古，我坐过一次蒙古航空公司的飞机。听说与中国国航飞机不同的是，蒙古的飞行员多经俄罗斯培训，他们驾机基本不受天气状况限制，很少有飞机晚点的情况。大家笑谈蒙古的飞行员“很勇敢”，不知算褒算贬。乌兰巴托到北京的国际列车则很安全舒适，特别是蒙古的乘务员均为女性，服务很是细致周到。旅行的西方人多是从北京出发，坐这趟车到蒙古。缺点是时间太长，前后要 30 个小时，在蒙古境内是原苏联建的宽铁轨，所以在二连浩特要停留 3 个小时更换列车车轮。列车沿途要停靠，可以下车观景。我还在小车站站台上买过蒙古孩子卖的石头，各种颜色，各种形状，好漂亮。回来一查，多是萤石。蒙古应该还有更珍贵的印章石料，可惜语言不通，没办法弄到。每次我都有同行者，而且会遇到来自不同地方的旅伴，旅途很愉快。

至今非常感谢韩国语专业的主任宋老师。因为东语系系秘工作忙，差不多每次出门都是他到机场或火车站接送，大多用的是私家车。这是一位有点传奇经历的老师，韩国人，在台湾学汉语七年，之后来蒙古，一直工作在教育大学，娶妻生子，至今已经十三四年了。因为会汉语，与我们汉语教师接触较多，为人随和大度，我的电脑、网络出什么问题都是由他帮忙解决的。约好以后他来中国再见，我一定当个最尽责的导游。

乌兰巴托有蒙古最大的国际机场，但相比于中国首都机场的三号航站楼，大概有几十分之一大小？听说还有几个城市建有机场，没机会得见。蒙古的库苏古尔湖号称“蒙古国的瑞士湖”，早就想一睹芳容。但驾车单程要一天，蒙古的路况又不是很好，会很遭罪；还没有足够的胆量坐蒙古的土飞机，所以大家策划了很久，竟没能成行。事实上，乌兰巴托的蒙古人也少有去过的。恰是韩国的金老师随他们韩国志愿者一队人去了，回来说，very beautiful! 这也算是我在蒙古的两年唯一的遗憾吧。

2009 年 5 月的 HSK 在蒙古设了三个考点，我被派往达尔罕做主考官。先乘火车到蒙古第二大城市，拥有世界第四大铜矿的额尔登特，与当地的汉语学校交接试卷后，又转租了一辆轿车赶往达尔罕。同行的志愿者管理教师王爱琴是内蒙古人，精明强干，在达尔罕做过两年的汉语志愿者教师，懂蒙语，沿途细致介绍，告诉我现在走的公路就是中国人援建的。司机是典型的蒙古大汉，刚开始见他的样子，彪悍魁梧，令我忐忑不安，慢慢的，他就随和起来，遇到美丽的景色，主动停下车给我们拍照，还用中文开玩笑说“我爱你”，又感谢王爱琴一路上“给我们的爱情搭桥”，很是幽默有趣。

1
2

1. 在火车上认识的台湾和波兰的朋友

2. 额尔登特的城市标志

额尔登特到达尔罕路边
的工业化标志

一路拍照。第一次看到这样的田地，据说黑白相间是为了区别不同的耕种时间。这里可没有中国东北那么肥沃的土地啊。

1
2
3

1. 达尔罕寺庙的法轮

2. 在 ART CENTRE 参观蒙古画展

3. 参观蒙古国艺术家雕塑展

1
2
3

1. 乌 兰 巴 托 ART CENTRE 里的画廊，不间断举办不同类型和风格的艺术展。

2. 参观蒙古国家博物馆

3. 小站站台上卖石头的蒙古孩子，顶着寒风，衣衫单薄。

蒙友同心

中国国家汉办公派到蒙古的汉语教师分别在蒙古国立大学、蒙古国立教育大学、人文大学、乌兰巴托大学任教，共 4 位；孔子学院包括院长在内的汉语专家 2–3 位不等；2010 年起，又增加了 2 位孔子课堂的负责人，目前共计 9 位，均工作在首都乌兰巴托。除此之外，我在蒙古的两年，汉办还分别向蒙古国派出 110 和 130 名汉语教师志愿者，分布在蒙古各省的大中小学任教，其中仍以乌兰巴托为最多。

如此庞大的汉教队伍，应该是一个多么和谐温暖的大家庭，但是大家都忙于工作，特别是工作在偏远省市的志愿者教师，更是不能常到乌兰巴托来，只在新年或国庆大使馆招待会上有机会相聚。相同的工作性质和环境决定了在乌兰巴托的几个汉语教师接触和交流的较多，在日常生活中，也更能互相关照，共同进步。

有趣的是，四所不同的大学，续任老师报到的时间均有所不同，所以每个老师第一次来到乌兰巴托，总会有先到的几位迎接，从来不会有寂寞和生疏感；每位老师离任的时候，也仍会有还在工作的几位老师为其饯行，帮忙料理后续事务。我在蒙古的两年，认识了很多来自全国各地的老师，大家肩负同样的使命聚到一起，私下里戏称彼此为“蒙友”——在蒙古的朋友、在蒙古的战友。这里有青海的刘钦明（人文大学）、山东大学的李铭起（孔子学院首任院长）、何振科（国立大学孔子学院）、河南的钱道静（国立大学）、山东的崔秀仲（乌兰巴托大学）、广西的张经武（人文大学）、山东大学的于健（孔子学院第二任院长）、朱军利（院长助理）、内蒙古的乌兰哈达（孔子学院专家教师）、内蒙古的徐剑（国立大学），还有孔子课堂的负责人吉林的张代生（国立教育大学）、内蒙古的诺敏娜日苏（育才中文学校）。有时候因为工作的关系，还经常接触志愿者管理教师：王爱琴、姚克诚、张立志、王长江、格日乐·扎布、张莉新等。“有缘千里来相会”，中国如此之大，大家能来蒙古相识、相知，岂不是难得的缘分？

身处异国他乡，蒙古人再热情好客、再善良友好，也免不了文化差异带来的不便，大家在各自所属大学工作一周之后，总有许多话要在一起聊，有时觉得连一起说笑话都是地道的、纯正的，也就格外开心。感冒、身体不好时，一个温馨体贴的短信，会让人精神不少。周末的聚会一般是先逛街、走古董店、观画展、看摔跤比赛，或者去河边草地散步，之后免不了要到中餐厅“搓”一顿，AA制，很是轻松惬意。隔段时间还到某位老师家里包饺子、包包子，做中国式聚餐。偶尔一周见不到面，大家可能通电话互致问候，彼此了解一周来的酸甜苦辣。与国立大的钱老师煲电话粥是家常便饭，聊过工作、生活之后，往往就转到对某部电影的感受，有时将近一个小时的交流过后，耳朵像发烧一样。其实聊什么并不重要，也就是找一个话题，我感觉好像隔段时间不用这样的快频率说汉语就不痛快似的。

春夏之交是蒙古最好的季节，天也渐渐地长了。六七月份，晚上九点天还不黑呢，大家都觉得赚了很多时间，要好好利用。蒙古的剧院都不大，倒是很多，苏赫巴托广场东边粉红色墙体的剧院是我们最常去的，票价六七千图，很便宜，在国内不可想象。演员也都不错，听说很多都是从俄罗斯学成归来的。看舞剧很享受，歌剧则用蒙语，起先很迷茫，后来买了票就马上在网上下载材料先补补课，还真了解了不少经典歌、舞剧的剧情和观剧要点。回想起来，的确看了不少，记住的就有《卡门》、《图兰朵特》、《蝙蝠》，芭蕾舞剧《吉赛尔》、《天鹅湖》、《睡美人》，也算给自己普及戏剧知识了吧，至于是否能提高品位，恐怕还有待时日啊。印象最深的是《吉赛尔》，这回知道它是最能检验女主角功力的芭蕾舞剧，因为演员要同时面临表演技能和舞蹈技巧两个方面的严峻挑战，著名女演员都以出演此剧为最高艺术追求。蒙古的这位“吉赛尔”果然身手不凡，可爱得像一个美丽的精灵。

蒙友在一起自然是有福同享，有难同当的，虽然没有大福也无什么大难，但回想起来，2009 年 5 月 24 日算是很特别的一天吧。

这天是周日，新一届蒙古总统选举的日子，事先听到告诫说这一天最好老实待在家里，别出门。我们当中最年长也最儒雅有风度的刘老师则邀请大家到他家喝茶、聊天。聊天是我们最喜欢的，何况还有他的好茶。因为离的近，物质食粮之后，大家又都到我的住处一起丰富了些精神食粮——看看我的书法作品，还有在蒙古写的小诗，很有共鸣。

该吃饭了，大家还是都对总统选举感兴趣，“明知山有虎，偏向虎山行”，不知谁提议：去苏赫巴托广场看看热闹，反正我们这么些人呢，应该没啥事儿。走在街上，发现一切均很正常，临近广场，远远地看见人已稀少，选举应该结束了，很顺利吧，没有人闹事，哈哈。我们就从乌兰巴托饭店门前一路谈笑着继续向西边广场进发，因为今天选择吃饭的地点就在广场北边。我们一行五人，两男三女，大概是聊得太兴奋了，声音稍大，就此惹来了麻烦。路边几个衣着不是很整洁的蒙古人或蹲或站地在聊天，刘老师和钱老师在前，我和崔老师、何老师在后，靠近他们时，忽然一个黑瘦的男子伸出右臂，臂上随意缠着他脏兮兮的外套，同时也将脚探了出来，目标是何老师——我们的山大才子、典型的文质彬彬的书生。我们都还没有反应过来，那人的腿已经绊住何老师的右腿，手臂也向何老师的脸上移来，动作倒不是很猛，但越发让人觉出是挑衅。我赶紧拽住何老师的左臂向前拉着他就走，下意识里觉得“走为上计”，千万不可与他们纠缠，他们有好几个人呢。可是何老师已经出离愤怒了，如果不是大家拉他，也许真会用上曾经练过的中国功夫跟他们比试比试呢。拽走了何老师，并没有消除我们心底隐隐的不快，整个吃饭的过程，大家都没太言语，虽然是很干净优雅的餐厅，也似乎食之无味。就因为我们是中国人吗？路边最高的大厦就是中国工人援建的，为什么不对中国人多一份好感？曾看过一本杂志，出于安全的考虑，中国的建筑工人都不太敢出工地，吃喝拉撒睡都在大楼里，这都是为什么？真的是因为中国工人也做过某些对不起蒙古人的事情？也许吧。希望这只是偶然，希望遇到的都是酒鬼。

走出餐厅，又沐浴在阳光下，心情稍微舒缓一些。隐约听见有人喊“钱老师”，当然是汉语，而且声音渐行渐大，是钱老师教的国立大学的学生，正领着俄罗斯女朋友在广场玩，身旁停着他的车。我很敏感地注意到他与我们说汉语时的表情，很自然舒畅，还隐隐有些得意，让人全然无法将之与刚才发生的事情连在一起。他热情地邀请我们坐他的车去图拉河——横贯乌兰巴托著名的河流玩一玩。心情一下大好。本来也是不远，一会儿就到了。河边三三两两的人在捡石子打水漂，孩子们也不怕水凉，站在水边嬉闹。我们在河边拍了很多照片，我和崔老师还无伴奏地跳起舞来，烦恼皆无。

准备打道回府时，学生已经带着女朋友先走了。大家找到了7路车，绕了一大圈，最后在大使馆门前下了车。车上有一对男女，似是夫妻，都喝醉了，当众互扇巴掌，很吓人，我又不敢大声说话了。这一天，心是忽上忽下，忽躁忽静，大概是自己多虑了，全当小小的插曲。

第二天上班，教日语的老师正在给大家倒葡萄酒庆祝。新当选的总统叫额勒贝格道尔吉，民主党主席，之前很长一段时间经常在街上的大幅竞选宣传画里见到，不高，稍胖，应该是大家都很拥戴的吧。本来"事不关己，高高挂起"，但还是盼望新总统有新举措，促进中蒙友谊。

每位老师都还有未曾谋面却很熟悉的"蒙友"，那就是自己的前任和继任。我的前任是河南的陈庆汉老师。出发前，他多次回复邮件，详细向我介绍教育大学的工作和生活情况，并且为我留下了很多厨房用具和有价值的文字材料，一直心存感激。自从确定了继任是河北的刘桂娥老师，我便经常与她用QQ聊天，文化参赞还索性让我当"红色联络员"，帮助收发一些办理手续的文件转给外语学院。离任时，我也学习陈老师，尽己所能提供一切有形无形的资料给新任的老师。就是这样，每位老师接过前任的接力棒，继续在蒙古这片土地上播撒知识，奉献爱心，让美丽的友谊之花在中蒙两国人民之间永远盛开不败。

1
2
3

1. 2009 年春，最初的四位蒙友第一次集体亮相。

2. 2009 年 6 月与新华社记者吕国栋先生合影，之后不久他便离开蒙古到海参崴赴任。

3. 最初的六位蒙友

1
2

1. 我们就是在这里看歌剧。

2. 剧院外的海报

1
2
3

1. 轻歌剧《蝙蝠》女主角谢幕

2. 蒙友一起过重阳

3. 一起登高望远

1
2
3

1. 一起观看蒙古国俱乐部摔跤比赛

2. 工作在偏远地区，借学习马头琴排遣寂寞的汉语志愿者教师。

3. 达尔罕的志愿者声情并茂地高唱《我的中国心》

一起参观乔伊进庙博物馆

这里有孔院院长、孔子课堂负责人、志愿者管理教师，身份各异，目标相同。

朝格院长

两年时间，无论工作还是生活，最熟悉，接触最多的蒙古人就是朝格院长，一位让人佩服的女强人，一位令人羡慕的幸福母亲。

未踏上蒙古的土地，就与朝格院长通过电话，非常标准的汉语发音，只偶尔有些语调能听出不同。印象中应该是一位渊博、和蔼的长者吧，见了面，才知道她比我还小一岁，曾在山东读本科，后又在上海读研究生，是应用语言学、对比语法专业的博士，地道的中国通。她不但知识渊博，而且热情开朗，擅言谈，办事效率高，长得亦非常漂亮。后来闲聊时，她提过在中国读书时，曾是大学校园里最引人注目的蒙古之花。

蒙古国立教育大学的外语学院分为东语系和西语系。西语系有俄语、德语、英语等专业，东语系成立较晚，朝格院长原来是东语系的主任，2008 年，才三十多岁就竞聘为外语学院的院长，其实力可想而知。因为她学中文，所以除了工作，我们也经常在一起聊天。她说自己小的时候在戈壁，姥姥是很伟大的女性，培养朝格母亲上大学，后来在乌兰巴托当了医生。朝格自己也很要强，十几岁自己就去俄罗斯做过买卖，还做手工艺品出售，学习上更是异常刻苦努力，凭实力顺利地考取公费留学。她经常提到的一个观点就是，在蒙古，女性都非常伟大。她说现在的蒙古人愿意培养女孩子上学，因为他们觉得女孩不上学很难有其他出路，男孩则不同。这也造成这样一种现状，在蒙古，很多家庭都是女性赚钱养家。一方面单身母亲较多，另一方面，很多牧区来的男性如果在城市里找不到适合的工作，就酗酒浪荡。教学楼打扫卫生的 Ikeqi（姐姐、阿姨）自己要供养三个上学的孩子，很是勤劳、坚强。朝格院长对她非常关照，经常将一些吃的、穿的送给她。我离开蒙古时要留下的衣服，她也建议我送给她。

对待工作，朝格院长几近废寝忘食。我这个外籍教师，在她的感染下，也不好有丝毫怠惰。别人一般 10–16 节的周工作量，我上到 20–28 节。与其他中国老师在一起时，大家开玩笑说：刘老师到蒙古当劳动模范来了。可不是嘛，孔老夫子告诉我们，“见贤思齐”。但我终还是比不了她，她的精力、毅力、体力都是我望尘莫及的。

我刚到蒙的前半年，两个中文教师去中国深造，又没有引进合适的新老师，所以师资紧张，朝格除了院长的行政工作，还兼了几节课。秘书宫杰老师怀孕，一直没休息，我见她挺着大大的肚子忙前忙后，还担心地对朝格说过：太不容易了，应该让她适当休息，别累着。她未置可否。“六一”儿童节那一天，院长让我到她的办公室，笑着对我说：我要有第二个儿子了，明天开始休产假，预产期是6月中旬。她经常用中文说“开玩笑”三个字，当时我就以为她在开玩笑！不只是我，东语系的全体老师和校长也还都不知道，她让所有人感到吃惊。之所以这样，就是不想耽误工作。这种坚强和担当，真是少见。之后的毕业考试，我就当仁不让地负起责任来，与钢楚伦老师密切配合，虽是繁忙劳累，想到院长临产的辛苦，也就释然了。

暑假结束，院长照常上班，还是早来晚走，丝毫不见松懈，只是不再兼课，因为要寻间隙给家里的婴儿喂奶。问她孩子由谁照看，也是轻描淡写地说：姥姥和保姆。要知道，一个外语学院，多少大事小情需要处理，单是协调与各专业老师之间的关系就很伤脑筋。有时候她办公室门里门外候满了老师、学生和家长，办公桌上也是摆满了需要签字的文件，可以算是日理万机了。因为听说原蒙古国著名领导人乔巴山曾在她现在的办公室办公，我们就戏称她是“未来的女乔巴山”，大家开怀一笑。作为一院之长，无论从业务水平还是行政水平上来说，朝格绝对算是一位优秀的领导者，不只是外语学院的工作井井有条，在她的申请主持下，教育大学设立了蒙古国唯一一个HSK考试中心，每年要主持春秋两场考试，从宣传、报名、布置考场、监考到之后的研讨会，一系列工作，从无差错，并于2010年12月在蒙古国立教育大学成功设立了孔子课堂，这都是其他学校望尘莫及的。她的业绩也受到各方肯定，不只学校的学生们敬重她、崇拜她，中国大使馆的文化参赞也不时夸赞她能干、敬业，让大家向她学习。2010年三八妇女节临近，恰逢孔子学院征文比赛颁奖，朝格院长也匆匆赶来参加，会后兴奋地指着自己胸前的奖章说，刚刚得到了蒙古国类似妇女劳动模范的称号。由衷地替她高兴，也算实至名归吧。

作为普遍认为的强势女人的同时，朝格院长还是一个有良好的人际交往、对生活执着热爱的幸福女人。作为两个孩子的母亲，她每天上班都是整洁靓丽，从无懈怠，还不忘抽空与丈夫浪漫地共进午餐。工作之外的她总是笑容满面的，对中国人尤其如此，连我们的文化参赞都笑称她“像自己的女儿”。她对我这样的外籍教师无微不至地关怀，百忙之中，几次到住处探望，嘘寒问暖。每逢圣诞、新年，总不忘让秘书准备好挂历或贺年卡，亲自写上祝福的话送给我们。我的任期结束，她照例请人特别制作了证书颁发给我，还以外语学院的名义送我一幅蒙古草原的油画，做永久纪念。与她共事，不时感受着她的幸福，来自工作，来自生活。虎岁春节，我被邀请到她家做客，之后她就乔迁新居了。我用裱好的红宣纸条幅写了两个大大的字“幸福”送给她，因为她的中文名字是“歌幸福”，愿她永远做幸福的院长，幸福的女人。

在朝格院长的生日聚会上

1. 临别，院长代表外语学院送我礼物。

2. 教育大学颁发的证书

和而不同——与其他外国友人的交往

“君子敬而无失，与人恭而有礼，四海之内，皆兄弟也。”

——《论语·颜渊》

走在乌兰巴托的大街上，随时会看到各种肤色的人，稍微高档一些的餐厅、饭店里，更是不乏三三两两的外国人。离住处不远，有一个美国教堂，每当周日经过那里，总会有一两个美国青年热情地邀请你到里面去。我通常是以有事婉拒的，但一些蒙古人还是很喜欢。据了解，除了传道士、旅行者，以及我们这样的各国文化工作者，来蒙古最多的是做生意的人。蒙古的羊绒、皮革皮具、奶制品质量好，价格便宜，吸引了很多外国商人。此外，蒙古有丰富的矿产资源，经普查探明的就有80多种矿物、6000多个可采矿点，像铜、铁、煤、铝、砂金、萤石、石油、页岩矿等矿藏绝大部分有待开采，所以蒙古本地的矿业巨头很多，外来的更是不少。

我接触的外国友人，主要还是文化、教育等领域的。在与他们的交往中，尽量做到不温不火、不卑不亢，友好热情又保持相当的距离。我住的公寓里有日本、俄罗斯、土耳其的学生，接触不多，但走廊里见面都要点头致意。一个土耳其的研究生，学习蒙语和英语专业，经常借用我的冰箱冷藏食品，有时也进屋坐坐。时间久了，他似乎很愿意与我聊天，我不在时，他还用英语写纸条粘在门上，内容很开放和大胆。我则提醒自己，把握尺度，聊聊学习就好，从不多谈其他。一位来教德语的瑞士女老师也住在我旁边，因为不在一个教学楼上课，接触不多，只在庆祝教师节的晚会上合影留念。教育大学还有各国的外语教师，俄语老师居多，但语言不通，大家偶尔见面也只用简单的英语互致问候。

东语系的韩国籍老师都是志愿者，年纪较轻，一般是研究生毕业，经过半年的蒙语培训后来任课。第一个相识的韩国老师姓崔，很文静的女生，白白净净，少言语，东语系老师聚会，她只是拿着相机拍照，笑也是浅浅的。记得刚来时，我送给每位老师一个带桃木坠的中国结，她的表情最强烈，应该是很喜欢。她的住处离学校较远，每天要坐公共汽车上下班，很佩服她的勇气，我只自己坐过两次公汽，便觉得很不踏实。我工作半年之后，她的任期已满，但走时竟没有声张，我早上上班，见到了桌上的一张卡片、一盒咖啡，还有一个光碟。卡片上简单地写着："Thank you for everything. I hope you will be happy. Good-bye. 崔 yunwon 2009.8.17"。光碟上有历次活动的场面，有我未曾见面的前任老师的照片，当然也有我的影像，很让我心动。一直觉得她很好，想与她交往，但接触的机会太少，遗憾。

接替她的是另一位漂亮姑娘——金奎熙，性格完全不同，办公室里经常能听到她的哈哈大笑。她在韩国学的是日语专业，英语也还不错，到乌兰巴托又经过蒙古语短期培训，且去过中国，所以她进办公室冲每个人点头问好时，嘴里快速地转换着不同的语言“Saibainou”（蒙语）、“你好”（汉语）、“Ohayou goza yimas”（日语）忙不过来时，干脆就一个“Hello”（英语），只不说她的韩语“Anniu hasaiyou”，很开朗有趣的小老师。她说非常喜欢中国，准备以后到中国学习或者工作，所以见到我之后还特意准备了一个小本子，经常是下了课就到我的桌旁来跟我学汉语。我先用汉字写出她需要的单词，她认真地注上音标，并在旁边标明韩语意思。聪明，努力，加上与她住在一起的有其他学汉语专业的韩国志愿者，她进步神速，学过的单词，不久就能熟练地掌握运用了，还主动向我打听参加HSK考试的问题，看来真有决心呢。虽然开朗，但毕竟年轻，她常常跟我说想家。她的家在首尔，因姐姐结婚回去过一次，其他时间不再被允许回国。她对课程安排不大满意，偶尔私下里与我发发牢骚。她的住处似乎也不太理想，因为安全问题搬过一次家，有时还提醒我多注意安全，一起走在路上时很谨慎，从不大声说话。虽然比我小了10岁，但我们很合得来，交流时多靠英语。我的英语水平有限，有时要加上很多手势。有一次过节，蒙古老师不小心将红葡萄酒洒在桌子上，我和她伸出手指，同时脱口而出“葡－萄－酒”！她不知，我也不知，原来韩语的发音竟然与汉语一模一样，真是不同之中又有那么多的相同。后来知道，韩语的“Anniu hasaiyou（你好）”中的“anniu”就是中文“安宁”的译音，一定还有更多的相同和相通，真想了解所有的语言和文化，多多体会其中的乐趣。小金老师对饮食还很有研究，她做的辣白菜炖豆腐、寿司很是正宗。我快离任时，她还带我去吃了印度餐，很别样的感觉，很喜欢她。回国后与她通信，她仍记得中秋节时我送给她的美味月饼。目前她正准备考试，希望以后有机会再见面吧。

日本的第一位老师看样子已经将近60岁。我到了不长时间，就发现系里老师似乎不大喜欢和他在一起，有聚会也不通知他，或者是他自己并不喜欢参加。半年后，他也走了。又隔了半年，新的日本老师才来，是一个稍微比我年长的女老师，典型的日本人，个子不高，干净利落，性格特别随和，也会用汉语说“你好”，同时大幅度地鞠躬，很礼貌周到。她主要搞教学研究，课不多，所以不常到系里来。闲时，她也经常与我交流汉语的问题，但英语似乎没有金老师好，所以障碍较多。一次，她比划半天我也不明白什么意思，后来终于知道是在说“太极拳”，她想学。我就将电脑里的“二十四式太极拳”拷贝给她，并介绍“武术”是中国文化的“四大瑰宝”之一，极有价值，她很高兴。可惜我不擅长“功夫”，在一起的时间又短，没机会一起切磋琢磨了。真希望中国的传统文化在世界的各个角落发扬光大。听说过这样的笑话，一位中国男老师早上在河边练太极拳，被蒙古警察发现并带到警局讯问，原因是怀疑其“有暴力倾向”，希望这只是一个笑话，只是文化差异带来的误会吧。我们会武功，但不擅用武力，敬而无失，恭而有礼，我们视所有人为兄弟。

在国旗前与外籍教师合影

1
2

1. 教外国老师包饺子

2. 与瑞士籍的德语老师

1
2

1. 与漂亮的金奎熙老师

2. 与宋老师合影。他永远像一个和气的大哥哥，韩国的大哥哥。

1
2

1. Zaishen 山大钟上铸刻的汉、韩、蒙文的“世界一花 万民同体”

2. Zaishen 山顶庆祝二战胜利的纪念碑，呼吁和平，据说是 1971 年建成的，与我同龄。

入乡随俗——在蒙古国过春节

蒙古国也有春节。蒙古国的春节叫查干萨尔，“查干”是白色，“萨尔”是月亮，蒙古人崇尚白色，白色的月亮，就叫“白月节”。

与中国不同的是，“白月节”的日期是不固定的，本来应该按藏历来确定，但由于在历法上存在分歧，蒙古人每年都会为究竟哪天是除夕而争吵。入冬以后，这就成了老百姓的热门话题，蒙古寺庙的喇嘛、星相师纷纷发表看法。一般最后都要在政府的决策下才能把白月节的第一天，也就是新年初一的日期敲定。2009 年，蒙古国科学院院士、星相学博士特日毕希根据成吉思汗制定的年历，结合天干、地支、五行等原理，算出除夕是公历

2 月 25 日，政府最终采纳了他的观点，这比中国的春节正好晚了一个月。而 2010 年最有趣，白月节日期与中国的春节日期完全吻合，但经高僧们反复测算，这次蒙古国的白月节要连着过两个初一，也就是说，公历 2 月 14 日、15 日这两天均是蒙古国白月节的大年初一。虽然蒙古国的不少民众提出质疑，担心明年如果没有初一怎么办，喇嘛们却很自信：到时候自有办法。而我这个外国人则悠哉游哉，可以在两年时间里，过三个白月节的大年初一，岂不是乐事。

“白月节”是蒙古国最重要的传统节日之一，法定假日是 3 天。除夕家家都要彻底打扫卫生，主要的任务是包包子，每家每户要包上千个包子。和中国一样，里面可以放上硬币、羊踝骨等物件，寄寓富足、吉祥的美好祝愿。老人们则要翻看蒙古黄历，查每个人初一早上该念什么经，念几遍，从哪儿出门，从哪儿回来，哪个方向最吉利。

大年初一，普通老百姓要在太阳升起之前，根据星相师算好的每个属相的“吉祥方向”，进行跪拜仪式，以祈求全年交上好运。之后就是穿上节日的盛装，互相拜年，还有的去寺庙祈福，或到郊区的“幸运敖包”祭拜，祈求一年的幸运、平安。蒙古国的总统、总理、议长也开始忙碌起来，他们一大早先到乌兰巴托最大的寺庙——甘登寺参加祈福仪式，祝福全国人民新年吉祥。随后，要去国家宫参拜象征战无不胜之神的“九尾白纛旗”。让我惊奇的是，当天手机里竟然能收到总统、总理分别发送的问候信息。找人翻译一下，无非是新年的祝愿之类，但也有莫名的感动。蒙古国人口少，每人一部手机也不会太多，所以群发短信成了国家领导人拜年的好方式，有效拉近了与民众的距离。

2009 年，我是在家里过的中国年，来到蒙古，又过了一个蒙古的“白月节”。因为与蒙古人还不熟悉，只是六位中国老师在一起吃了饭，感觉不出太多的欣喜或者孤独。2010 年则不同。

因为只有教育大学开学早，四个大学的公派教师，只有我一人在蒙，好在孔子学院的两位老师也没有回国，心里多了几分安稳。春节前我为自己准备了丰富的食品，蔬菜、水果、饮料，袋装的包子、饺子，还在超市买了现成的羊肉、牛排、鸡排，回来用微波炉加工，味道鲜美。春节的市场，挤得水泄不通，一向重视节庆的蒙古人更是倾囊购物，我与他们一同感受着浓浓的节日氛围。非常幸运，大使馆还安排看了一场新春晚会，是由内蒙古和蒙古国艺术家联合演出的，应该是当前的最高水平吧，尤其是马头琴、长调和呼麦让我这样的门外汉都感到回味无穷。朝格院长还在年初二请我和几位老师到她家做客，切实地感受到了蒙古人过年的气氛。满桌的美味佳肴，有煮熟的整羊、摆成塔状的点心、包子、饺子，还有奶茶、酸奶等，另外也缺不了蒙古最好的“成吉思汗”白酒。可惜自己的胃肠消化不了太多的东西，吃了两个油油的包子就饱了，回到家还要马上用水果解腻。

节后上班，老师们互相拜年，一般是年少的用手臂托住年长对方的胳膊肘，亲吻右脸和左脸，有的还特意带来白色的哈达。我也收到了不少这样别致的新春贺礼，同时也把祝福传送给对方。蒙古人，包括这些受过高等教育的老师，都努力用自己的方式传承着蒙古民族的历史和文化。问学生们过年好吗，却不如我想象的那般兴奋，他们更热衷的似乎还是公历新年。女孩子们都说：“包包子，太累了！”而且听说在蒙古人的传统风俗中，过去拜年不给压岁钱，即使给，也是由年轻人送给年长者。尤其在牧区，拜年时大多是晚辈向长辈赠送哈达和自制的奶制品等，所以对于一些年轻人而言，这只是一个向长者表达敬意的日子，他们照例像平时一样上网、看电影。正如有的记者所说，“随着时代的进步，蒙古国的‘白月节’也在发生着变化，现代文明元素的注入，赋予节日更多的活力”。

与此同时，我也在蒙古国过了虎岁春节。这是平生第一次离家过年，节前分别为自己和孔子学院写了春联和大“福”字，并与孔子学院的老师以及几个志愿者在中国餐馆“唐龙”吃了丰盛的年夜饭。应我的要求，桌上不但有鱼、猪爪，还有白菜馅的饺子，这些都寄寓着东北人的新年祝愿：年年有余，幸福吉祥。感谢孔子学院的院长和院长助理，在异国他乡，他们就是让我感受到温暖的最亲最近的人。

晚上回到住处，同公寓的两位也没回国的内蒙古小伙子捧着白色的哈达来拜年，互致新春的问候。又看了 CCTV1 的春节晚会。多亏教育大学提供的电视，让我少了些许孤寂，但节目中充斥的中国颜色、中国味道，又怎能不让人在床上辗转难寐呢。镜中的自己，多了几许皱纹并不清楚，倒是又起了一个大大的包，热闹的“白月节”里，我还是因为想家上了火，写下几句，聊以宽慰：

庚寅新春自嘲

除夕同仁小聚，
滴酒入愁肠，
化作一颗思乡痘，
赫然于面，
叫人疑是泪潸然。

忆想离家独行，
少了喧嚣，
多了落寞，
细数几回月儿圆，
倏忽整一年。

今虽身处异国，
同是祈福新春，
虎岁迎祥，
此番应待“转乾坤”。
借雪地重生，
小草也自傲春风，
管他谁当神仙！

对了，大年初四晚上，大使馆还举行了新春招待会，见到还有那么多的中国人在这里，或经商，或开矿，开心很多。

白月节的餐桌。正中间摆着一只羊（用水加盐煮熟），蒙语叫“乌赤”。餐桌旁边摆着的是有名的塔状点心，蒙语叫“赫云包布”。蒙古人相信数字 3 代表新生活的开始，所以点心的摆法要在“3”上做文章，比如每层都是单数，最少摆 3 层，第一层代表幸福，第二层代表痛苦，第三层又代表幸福，以此类推……而新婚家庭只能摆 3 层，意思是小日子从头开始。“白月节”还有一个说法，就是白色食品唱主角，所以还缺不了米饭、奶豆腐、乳制品等等。

1
2
3

1. 2010 新春蒙中艺术家迎春晚会

2. 大使馆的新春招待会

3. 自制的汉堡

1	2
3	

1. 刚炒的菜

2. 超市买的速冻饺子

3. 夕阳西下，甘登寺依然护佑万民

1 | 2
3

1. 甘登寺初升的月亮

2. 夕阳中的甘登寺

3. 甘登寺广场给鸽子喂食

永远的成吉思汗

无论你身处蒙古的任何角落，成吉思汗始终用他的形象、他的思想影响着你，感染着你，无时不在，无处不在。蒙古人将成吉思汗视作永恒的精神领袖，在广阔的草原上，成吉思汗永远与他的子民同在。

从呱呱落地，蒙古人人生的第一课就是成吉思汗，他的功业、他的成就深深地扎根在每个人的心里，有关他的一切都是人们景仰、膜拜的对象。蒙古的大学生都知道《蒙古秘史》，这是一部蒙古族最早用蒙古语写成的书面文学、历史文献巨著，书中共记载了蒙古民族约五百多年的盛衰成败的历史。原名《忙豁伦·纽察·脱卜察安》，撰者佚名，原文为蒙古文，不存。传世为汉字音写本，明洪武年间，翰林译员色目人火原洁、回回人马沙懿黑根据当时保存在宫廷中的原本，以汉字音写蒙古语，逐词旁注汉译，并分段分译，题《元朝秘史》，用于教习生员。1989 年，联合国教科文组织将其列为世界名著，于 1990 年为其成书 750 周年举行纪念活动。《蒙古秘史》被中外学者誉为"蒙古史三大要籍之首"，"世界文学史上足以夸赞的神品"。书中记载成吉思汗的父母孛儿帖赤那与豁埃马阑勒二词的汉译对应词为"苍色狼"和"白色鹿"，所以蒙古人视狼为神圣不可侵犯的图腾，现在以"赤那"（也就是"狼"）为名的人还很多；鹿则为高贵吉祥的象征，成吉思汗的母亲诃额仑是蒙古民族心目中的圣母，直到今天，蒙古人还是普遍尊重女性。

成吉思汗的肖像更是千姿百态，但多以中国国家博物馆收藏的元代画像"太祖皇帝 即成吉思罕讳帖木真"为蓝本，如蒙币图格里克的 20000 图、10000 图和 5000 图面值的纸币。在蒙古，你随时可以在办公场所或家庭的墙壁挂毯上、饭店包间的皮挂上、邮票上、明信片上、手工艺品上看到成吉思汗，感受到他强大的气场和非凡的荣耀。就连 Zaishen 山的北坡上，也用白色的石头铺成他的画像，相隔几里，远远地就能看到。乌兰巴托的中心苏赫巴托广场是蒙古国政治文化活动的中心，成吉思汗巨大的金属雕像端坐在那里（有趣的是，对面的一个立着的半圆形的蓝色建筑从我到蒙古直到离开一直没有交工使用，听说是韩国人建的写字楼，因为外形像一把刀，正冲着广场中心的雕像。快建成了，蒙古人才反应过来，认为不吉利，所以一直不准投入使用。道听途说，不知有几分可信），背面就是国家宫和总统府。很多店铺也用上成吉思汗的名字，像咖啡厅、艺术品商店等。乌兰巴托的"成吉思汗饭店"规模较大，中国的国家领导人，如习近平、贺国强、温家宝等先后下榻这家饭店，会见蒙中人员。

2009 年春天，我们在蒙的四个汉语教师随汉语教师志愿者一起去了“金鞭博物馆”，传说因成吉思汗十五岁的时候在此拾到马鞭而得名，因为象征美好的开始，所以被视为吉祥之地。车还行在路上，远远的我们就被震住了，巨大的不锈钢成吉思汗像，40多米，有13层楼高，经蒙、中、俄、德、日五国500多名工程技术人员联手制作，内里36根柱子（象征蒙古36个皇帝），设电梯供游人登高远眺。地下还有两层，共7米，是博物馆陈列区和可容纳百人的会议室。站在成吉思汗的“马背”上，呼呼的风从耳边掠过，俯身下望，用来招揽顾客的神气活现的雕已经成了小小的黑点儿。成吉思汗，果真有视接千里，胸怀万国的气魄，不愧为草原的王。我们还到博物馆旁边的“中蒙友谊园”植树，每棵树挂上写着名字的小牌儿（每人自费购买树苗）。第二年春天，我有机会又去看了看自己种的树，坡上第一行第5棵，长得很好。为蒙古种了一棵树，也为蒙古贡献了一份力量，更为自己留下了在蒙古的永久纪念。

2010年春夏之交，与乌兰巴托大学的崔老师一起随韩国的宋老师驱车游览了位于郊外的电影《成吉思汗》拍摄外景地。各种颜色、各种大小错落的蒙古包，蓝天、白云加上绿草，真是太美了。在蒙古包里，我装备上蒙古服饰，还煞有介事地拿起了马头琴。痛快地拍了很多照片，很是惬意。

然而面对那似是而非的物件，主人成吉思汗已经走远，古今一瞬，不禁引发太多感慨：

做一朵自由飘散的白云
——游览影片《成吉思汗》外景地

站在红马鬃做成的大纛下，
仰望蓝天，
今天的我，

不由在想象：

20年前，参与艺术创作的人们如何演绎“千年第一人”叱咤风云的历史传奇；

20年前，来到此地的演员们，

一定也在想象：

800年前，一代天骄如何使个人的生命如此华美绚丽；

800年前，这位蒙古草原的大汗，

又何尝不在想象：

千年前，他所景仰的先人如何介入历史，在宇宙天地间谱写辉煌、留下印记。

然而，

一切都已逝去。

征服世界的人，

拉近了各国的距离，

却无力延长自己生命的轨迹。

唯有亿万年的古树化石，

只留参差的根，

默默地驻守在这里，

也不过是一种没有生命的存在。

而那历史巨人，

则在时间的长河中，

消磨了永恒的意义。

因此，

名垂千古，并不具备太强的吸引力！

不如，

索性就做一朵白云，

无欲无求，

自由地飘散，

在蓝天上游走，

在酣梦中沉睡。

（2010.6.20）

曾经听到过这样的说法，一位中国人在某次公开场合，面对蒙古人友好而热情洋溢地说：“成吉思汗是你们的，也是我们的”！此言引起了极大反响，蒙古人竟然不同意这样的观点。我读《狼图腾》时，曾经为汉人与蒙古人之间由于文化、习俗的差异引起的分歧和冲突而感慨，写过这样几句：

天地吉祥、万物合一

汉人最恨野狼侵，

不解茫茫牧草心。

塞外尊天“腾格里”，

佑裁万物是同襟。

从事农耕的汉人是绝对不会喜欢狼的，而狼却是游牧民族的图腾，草原的生态平衡有赖狼、羊的生存对峙。蒙古语中“腾格里”是“天”，天不偏不倚，万物都是上天的子民，汉人和蒙古人如兄弟手足，不该有任何隔膜。我是汉族人，喜欢汉文化，但也喜欢成吉思汗，喜欢草原文化，喜欢骑马，喜欢到处踅摸、买品相好的狼牙送友人把玩（听说蒙古人用之辟邪）。我还为自己买了一张图案是狼的大挂毯，很英武、漂亮。那些来到蒙古游览观光的各国友人同样喜欢成吉思汗，喜欢这里的蒙古包和奶茶。永远的成吉思汗，是蒙古的，也是世界的。

1. 站在著名的苏赫巴托广场

2. 在成吉思汗塑像前与2010年即将毕业的学生合影

3. 总统府。远处就是那个像刀一样的韩国建筑。

1
2
3

1. 以“成吉思汗”命名的乌兰巴托最大的饭店之一

2. 身后远处就是40米高的金鞭博物馆（蒙古春夏早晚的温差也很大，所以怕冷的我着装会稍显古怪）。

3. 哈哈，与“神雕”合影是要付钱的。

1
2
3

1. 四米长的金鞭。托举它的神鸟是力量的化身，有战无不胜之勇。

2. 与“成吉思汗”的武士

3. 在博物馆地下壁炉前

1
2

1. 与“成吉思汗”合影

2. 影片《成吉思汗》外景地。身旁是古树化石，据说已有上亿年。

1
2
3

1. 和自己种下的树苗合影

2. 时隔一年，再次到“中蒙友谊园”看望自己种下的小树，这里已经郁郁葱葱了。

3. 与崔老师在蒙古包外合影。听蒙古老师说，服饰不同，地位不同，场合不同，有很多讲究的。

1
2
3

1. 后来知道这个姿势完全不对，马头琴的共鸣箱要用双腿夹住。

2. 佛教寺庙都有这样的法轮，转动它，可以带来吉祥、安康。

3. 看着这些牛，情感细腻的老师感叹：它们真可怜，什么都不想，就知道低头吃草，也不怕得颈椎病！事实上，与有各种职业病的老师们相比，到底谁更值得同情呢，人还是动物？万物同体，各种生灵的感受应当是一致的。

蓝蓝的天上白云飘

每日去上课，都要经过一个石桥。西边桥头两端各有一个铁狮子，上面总是缠着许多蓝色的布条，狮子上太多了，就系在桥栏杆上。奇怪为什么是蓝色的，中国人许愿、辟邪不是往往都用红色吗？后来请教蒙古老师，他们告诉我，天是蓝的，奶和云是白的，而蒙古人最爱的就是它们，所以蓝和白是最吉祥的颜色，所以哈达都是蓝色和白色的。

渐渐地发现，蒙古的天的确格外地蓝，蒙古的云也的确特别地白，平时忙于工作的人，一旦走出乌兰巴托的市区，那种感觉会尤为强烈。

在蒙古两年，因主考 HSK 坐火车去过额尔登特，又转乘小汽车去过达尔罕，其余再没有过远途的旅行。每次出门均是利用周末休息时间，当天出发，当天返程，但每次的快乐都是无以言表的，其中，就有蒙古的蓝天和白云带来的惊喜和惬意。

因为青海的刘老师要离任，有许多事情要处理，所以2009年6月的特里尔基之行是我们三个女老师带着三个学生同去的。这里是我在蒙古见到的最美的景区，所以在2010年同一个季节，由韩国的宋老师驱车，我与崔老师一同随韩国某报社的记者再次来到这里。这里有著名的乌龟石、骆驼峰、四人峰、僧人峰，还有白白的蒙古包和诱人的石锅烤肉。那羊肉的香美自不必说，滚烫的黑色石头也会与肉一起端上来，大家都用手掌来感受石头的热度，据说可以治疗很多疾病。骑上高高大大的马，驰骋在绿色的草原上，那种惬意，嗨，现在想来真的如在梦中。随着马的步伐，一颠一跛地飘荡游走的，还有头顶的蓝天和白云。我的家乡抚顺号称"煤都"，虽然已经多年不再大规模采矿，但重工业区的特点就是空气污染，市区里少见湛蓝的天空。近年来，经过治理，似乎好了一些。在特里尔基，到处是大朵大朵的云，翻滚游移，映衬在蓝蓝的天幕上，美不胜收。后来在乌兰巴托到北京的列车上，整理出第二次游览特里尔基时记录在手机里的感受，不拘平仄，觉得像白云一样自在：

云翻云滚仪万千，
似醉似醒舞蓝天。
更有调皮俯身下，
招引游人欲手牵。

云很低很近，好像一举手就可以触摸得到，但它笑嘻嘻地就是让你可望而不可即。

僧人峰下学僧样，
双手合十三分像。
世间哪有立成佛，
不经千载空是障。

这“僧人峰”最是形象，大家都照猫画虎摆姿势拍照，可是，世上又有几人可以立地成佛呢。

四围环山草居间，
牛羊成群水潺潺。
从此不羡神仙所，
高原亦有美容颜。

人如在画中，拍了很多照片。见到了几个写生的队伍，都穿着厚厚的棉袄，背着画板，或走或停。好羡慕他们，真觉得自己的才气不足，最应该在这里拿起画笔的。

巴特玛是蒙古国汉语教师协会的会长，是我遇见的汉语最好的蒙古人之一。为人也是特别亲切随和，多次带领蒙古国中学生选手到中国参加“汉语桥”比赛，取得了非常好的成绩。她还安排我们几位老师一起到她的姐姐（丈夫的姐姐，中国人习惯叫“大姑姐”）家的蒙古包里去做客。这个蒙古包冬天是闲置的，只在春夏才通上电，主人来这里度假。我们在城里买了足够的羊肉、熟食、饮料、面包和水果，在蒙古包里大餐了一顿。这回吃的叫“闷罐羊肉”，里边也会放上黑黑的石头一同加热，所不同的是，我们都可以亲自动手加工，也知道了获取美味的程序。“罐子”是一个大大的不锈钢器皿，有四五十厘米高，五六十厘米正方的盖子，盖子上有类似高压锅一样的保险杠。先将洗好的肉、卷心菜、胡萝卜放进去，石头加热后，再一块一块摆在肉上，最后盖上盖子密闭放到火炉上。等到主人宣布可以出锅时，我们已经垂涎欲滴了。随行的司机是典型的蒙古大汉，没有他，我们是无法将罐子顺利从火上抬下来的。不只是抬下来，抬下来之后还要不停地摇晃，动作像极了中国北方秋冬季节在室外崩爆米花的人。不放任何佐料的热腾腾的羊肉，就着蒙古酒，都是最最原始醇正的味道。主人还端上来亲自做的奶茶和酸奶。因为怕咸，我一般很少喝蒙古的奶茶，可那酸奶则是绝不放过的。它让我现在已经落下了很没意思的毛病，再也不爱吃国产的酸奶，觉得全无滋味。

蒙古包依山傍水，我们饭后到树林里散步。大概很少见到这么些人，看家的狗也玩忽职守，跑出来与我们凑热闹，一直跟在后面，左腾右跳。在林子深处，竟然发现了一个养麝的园子。巴特玛与园主聊天，告诉我们，以前这里养了很多麝，经济效益很好，可现在因为气候、饮食等多方面原因，已经越来越少了，去年还是二三十只呢，今年就剩七八只了。只有一只麝进入了我们的镜头，个头很小，似鹿，又像袋鼠，异常灵活，以我们的身手，想要接近它是相当困难的。它们吃的，是在松树枝上长出来的一种浅绿色毛茸茸的增生物，很娇贵的，不是很充足，所以影响饲养量。

这里的蓝天白云一如既往地鲜亮着，但到了下午，天突然阴了起来，阳历 6 月的时节，竟然飘起小雪来。同行的另一位蒙古男士是达尔罕彩虹中文学校的校长，穿着短袖衬衫和凉鞋，但一点也不见他冷，依旧谈笑风生，吃羊肉的身体就是壮啊。我们事先带了厚厚的外套，却还是冷得很，于是借爬山暖身。站在山顶，忽阴忽晴中，景色更美了。云虽然不是很白，但变幻出各种图案，仿佛在低低的天幕上画画，还是水墨大写意呢，真是让我又赚饱了眼福。

回到蒙古包，重新围坐在旺旺的火炉旁，一边听蒙古老师用汉语地道地讲着或荤或素的笑话，一边用手大块大块地往嘴里塞肉，真是不知今夕何夕了。

1
2
3

1. 僧人峰下学僧样，远处山峰有一石僧。

2. 路上偶遇的牧民，在外放牧，已经离家两天。后面的牛羊全部都是他的财产，相当富有吧。

3. 蓝蓝的天上白云飘

1
2
3

1. 同行的还有韩国某报社记者，宋老师的朋友，摄影的水平还不错。

2. 出发！

3. 颇有年轮的树却被砍了，较可惜。祈祷万物和谐。

1
2
3

1. 车上拍的景色，有水彩的效果。

2. 这幅更像油画。一直在寻觅“风吹草低见牛羊”的景象，未果。

3. 特里尔基骆驼峰

1
2
3

1. 真骆驼。它累了，我也累了。身后是一队美术院校的写生者。

2. 特里尔基乌龟石

3. 焖羊肉前亲自动手，尝试烧火。

1 | 2

1. 可爱的巴特玛老师，她的大女儿马上就要大学毕业了，她却仍旧精力充沛。旁边唱歌的是彩虹学校的宾巴校长，同样是中国通。

2. 蒙古人总是用快乐的歌舞感染着我们。

1
2
3

1. 在横贯乌兰巴托的图拉河边

2. 图拉河边新建的居民楼

3. 突厥墓

惜别蒙古

在 2008 年年底最终决定赴蒙古之前，从没注意过它。地理课看地图是否曾经与它对视过也记不清了。结缘蒙古竟然这么的不可思议。现在，又要离开这里，不是生离死别，却也有那么多的不舍和依恋。

本来，即将回到家人和朋友身边，欣喜和激动无时不在，梦中都在预想和计划回家的日子。但，这里还有更多牵挂我和我牵挂的人。

学生。蒙古的学生是我最大的牵挂。记得第一堂课时的自我介绍，有我的，也有每个学生的，那时每个学生的眼睛里只有迷茫和好奇。两年过去，送走了两届毕业生的同时，也迎来了两批新生。从一个拼音、一个笔画的教授和学习，从一节课到一年课的交流和沟通，从一个眼神到一个笑容的默契和配合，我们，不同年龄、不同国籍的人之间竟建立了如此深厚的感情，如影随形。最后一个新年晚会，热闹喧嚣中，几个班级的“小干部”神神秘秘的不知在忙什么。合影之后，大家一齐说：“老师，我们爱您！”纯正响亮的汉语发音让饭店的服务员莫名惊诧地转过头来。早已经准备好的一捧冬日的鲜花和漂亮的马头琴出现在我眼前。真的，来蒙古除了看电视节目，很少为想家、为自己的生活或者工作哭过，但此时，我真的哭了，抑制不住，我真想拥抱每一个人，回报每一个人给我的感动。哭的样子果然很难看，学生拍了下来，却是我自己觉得最美的照片。马头琴，蒙古学生送我的马头琴，我将永久珍藏。还有，还有太多感动。期末考试结束，很多学生即将回牧区过“白月节”。临行，他们又找我聚在一起，还要送我一个礼物，是班里最聪明、前卫的小伙子冒勒额尔登和最时尚、美丽、汉语又好的姑娘恩赫索伦噶共同负责制作的光盘“HHBO FAMILY”，上面有我和他们在一起的所有影像和记忆。有动、有静，有上课、有嬉闹，不时打出英、蒙、汉语字幕：

WE are “one” Family.（我们是一家人）

我们都爱老师！

您教我们很多东西。

有些事情并不因时光流逝而褪去，有些人不因不常见面而忘记（我猜，他们可能是在哪里查到的这句话，我批改他们的作文，基本上还达不到这样的水平。或许真有情之所至，妙手偶得？无论怎样，我都高兴），记忆里您是我们永远（的）老师，也（是）永远（的）朋友。

我们和刘老师在一起的时候感到很高兴。

我们都是好朋友。

最后的一大段话是：

亲爱的刘老师：您好！

时间过得很快，我们认识已经有一年半的时间了（他们是2009年9月入学）。虽然我们一起度过的时间不常（应为“长”），但是这一段时间的事情都给我们留下了很深刻、很美丽的印象。您还记得吗？我们刚开始学汉语的时候和老师很难沟通，可是现在我们可以用汉语和您很好的（应为“地”）交流了。除了汉语以外，您还教会了我们很多东西。以后，我们班的同学们都想当跟您一样的好老师。我们为了当好老师，以后会继续努力的（应为“地”）学习汉语。有些人会因为不常见面而忘记，但是我们的记忆里您会是我们永远的好老师，也是永远的好朋友。我们希望，不久的将来能再次见到您。欢迎您以后常来蒙古国。非常感谢您！

祝您一切顺利，天天好心情！

之后是：

您的亲爱的学生们：

Ariunjargal

Anhzaya

…

Batlhagwa

…

Tserenpuntsag

…

按字母顺序依次排列了所有人的名字，落款是“2011年01月02日”。最后还有闪动循环的几个大字“我们感谢您”，背景画面是一棵参天大树。

这么多的信任和爱，我拿什么来回报？！我真的无以回报。也写了一封信，打印出来，交给班长，贴在教室的墙上：

亲爱的 HHBO，我的朋友们：

很荣幸能成为你们的 HHBO FAMILY 家庭中的一员，在你们中间，我似乎变得年轻了！

记得那天上课讲到“失眠”这个词，大家说失眠是因为“不好的事”，有时候也因为“高兴的事”。是啊，有时候，我躺在床上，一想到在教室里听到的你们多彩而欢乐的笑声（比如奥伦匝勒格尔豪爽的大笑，朝格吉勒玛咯咯的巧笑，策仁彭策格无声的偷笑，还有策登素仁会心的笑、奥运妩媚的笑、恩和扎勒格勒腼腆的笑，……）就兴奋得“失眠”，这是真的！我回到中国是不是也会想念你们，以致失眠，或者在睡梦中因为感染你们的快乐而笑醒呢？！

小朋友们，知道吗，来到蒙古，我从来没有像别的中国老师那样因为想家哭过。但是最难忘的掉泪却是在 2010 年 12 月 18 日那天的晚上，因为你们，因为那个我来蒙古的第一个，也是最后一个，更是唯一一个与你们共度的难忘的新年 PARTY！！

中国有句话说“人生自古伤离别”，大家不喜欢分离，因为分离，人们往往难过。然而，我不难过，虽然我将离开这里，中国还会派来更好的汉语老师，你们接触的中国老师越多，对你们的汉语学习就越有好处。中国还有句话叫“十步之泽，必有香草”，另外一句孔子的话已经给你们讲过，“三人行，必有我师”。你们会在不断地学习中，找到新的方法，攀登新的高峰，一分一秒，一点一滴地进步，获得更多的知识和快乐。

HHBO，加油！！！

这是唯一一次给你们写信，真正的 ONLY ONE！现在对你们来说，全部读懂可能不容易，但终有一天你们的汉语水平会提高到能理解我的每一句话，到时候，如果我们再见面，我们还会在一起唱“别说路太远，只要心心相连，越过沙漠就能把绿洲到达”，“和我一起尽情欢乐，准备好了吗？”OK？！

HHBO，准备好了吗？！“好好学习，天天向上”！我相信，未来的你们，一定是蒙古国最出色的汉语言的学习和研究者。我爱你们，你们是我的骄傲，我们也是永远的好朋友！！！！！

刘丽颖

2010年12月27日晚于灯下

1月7日中午，教育大学派车送我到飞机场。同是40多分钟的路程，却比两年前来时感觉短了许多。一进候机大厅，就发现了他们——几个市内的孩子早已赶来送行。他们是自己搭车来的，手里又是一束冬日的鲜花，淡雅清香。陆续又来了两个学生，满脸通红，喘着粗气，眼睛上结着霜……这次我没有哭，告诉他们也不许哭。中国有句古话叫“没有不散的宴席”，但更有“来日方长”！亲爱的同学们，来日方长，加油！

同事，我可爱的蒙古同事。两年前从汉办出发的时候，师资处领导嘱咐：千万注意处理好与蒙古老师的关系。也听到其他中国老师言及与蒙古同事相处的困惑与艰难。可是，我为什么如此幸运？记忆中留下的，都是欢声笑语，少有烦恼和不快。对桌的钢楚伦老师是管理教学的主任，因为教师少，两年之间，东语系大部分的中文专业课程都是由我俩来承担，但我们之间从没有过任何不解和冲突，每有时间就在一起研究教材，探讨教学方法。外语学院的教学研讨会上，我的发言也是由她来做现场翻译。最感动的是有一天早上，三年级的男生到住处来接我去上课，原因是当天一些医务工作者和小学教师为了提高工资、改善待遇要举行非暴力、和平的示威游行，事先经过申请，经由政府批准。钢老师担心我害怕，特意派学生来陪我走那本来不长的路，何其仁义、贴心，怎能不感恩、珍惜！

蒙友。蒙友已经换了几个了，依旧是那样无话不谈，且畅快淋漓。永远不能忘中秋节大家在一起思乡望月的情景，也不会忘广西才子张老师“望月充饥”的调侃。虽是清冷的秋夜，甚至冰雪的寒冬，有朋友的互相宽慰，暖意如春。利用闲暇时间，忖度适合的内容写出书法作品提前送给我的几位“蒙友”留作纪念，也遵孔子学院之嘱写了“子以四教：文、行、忠、信”的条幅，还抽空完成了志愿者之家相托写会标的任务。喜欢这种“付出”，微不足道却满含深情，权当对诸位老师、朋友的回馈。临别那天，大家都来我的“寒舍”送行，竟然快没有坐的地方了。崔老师当天有事，头一天特意包了速冻饺子给我，说“26个，尔顺，出门吃饺子吉利”，还有什么话说？！惟愿在蒙的我的战友们一切安好、如意！

还有在蒙古结识的中国记者、企业经理、志愿者教师、华侨等等，都在困难的时候伸出热情援助之手……感恩吧，感谢在这里相识的所有带给我快乐的人！

元旦，大使馆的文化参赞特意设宴招待我们几位老师，同时“欢送丽颖”，也算给我饯行。两年间，吴新英参赞既是领导，又像慈母，在工作和生活中给了大家无微不至的关怀，感激她临别送我的祝福。政务参赞王福康先生也特意赶来，席间的一句话让我有别样的感动：两年，不容易，回家安顿安顿，再来！！是安慰，是肯定，足够了！一切的寂寞、辛苦全都烟消云散，我美丽的蒙古时光，不应该有任何遗憾了。

满江红

大漠留痕，
难抹却，心灵印记。
何能忘，蓝天似锦，
白云欲坠。
驰马扬鞭临碧水，
雄鹰展翅呈祥瑞。
望天边，壮美是高原，
长相识。

白哈达，慷慨馈；
大汗酒，均齐备。
咏长诗寄兴，友情相递。
天际高歌声最远，
敖包映月心交会。
到如今，欢聚一家亲，
深情谊。

学生冒勒额尔登在门外抓拍的照片，用电脑传给我，命名为“最后的课”。

1
2

1. 接过学生的礼物，我哭了。

2. 蒙友的新年聚会，也做最后的告别。

1
2

1. 与孔子课堂中方负责人张代生老师合影留念。右一梦和琪琪格曾是我教过的学生，毕业留校任系秘。中国老师见了她，一致认为长相酷似宋庆龄。

2. 机场送行，我们不哭。

1
2
3

1. 真喜欢这帅气又听话的蒙古马，希望还有机会见面。

2. 这就是吉祥的“敖包”，有我添加的石子。

3. 大使馆与吴参合影

外一篇：What say，what do——说到做到

2010的10月份开始，就总有学生问我："老师，听说您要回国了么？可不可以再教我们？"有时候上着上着课，学生突然说："老师，为什么不来了？！"很迷茫的样子。12月帮助国立教育大学孔子课堂布置教室，几个学生围在一起看中国地图，二年级图兴扎拉嘎指着呼和浩特的图标对我说："老师，我们明年9月份到这里去学习，您也来吧！"我的回答当然是："好的。"当时觉得他们到时候也许早已经把我淡忘了，或许根本不会记得说过的话。

回国后，除了报个平安，从不主动与他们联系。一方面忙

于自己单位的教学工作，另一方面，考虑到他们已经有了新的老师，新的学习和生活，不便过多牵扯他们的精力。虽然时时忆想过往的快乐，也只是诉诸自己的文字，或者翻翻影集，聊作宽慰。

从 2011 年的暑期，刚刚升到三年级的班长策登素仁就频频发信息给我，预报他们要来中国的动向。9 月 5 日他们一到呼市，就发了邮件，告诉我在中国的手机号码，让我与他们联系。真是感动，为这些多情的孩子。聪明的他们，竟然知道中国有长假，约刘老师“十一”到呼市“见面我们”（一个汉语学得不太到位的孩子的话）！

进入 9 月份，身体一直不好，家人担心旅途劳顿，又恰逢国庆旅行高峰，不同意我独行。朋友听说我去会学生，也没人愿意做伴。自己也犹豫再三，但一听到那些小朋友带着异国的特有腔调在手机里的热情召唤，我就义无反顾了。好容易买到了 4 号的卧铺，又托呼市的同学辗转预定了高价的返程车票，出发！ 10 月 5 日下午，在路上颠簸了 30 多个小时，到达了呼和浩特。一出站台，20 多个学生捧着鲜花来接站，这些时时给我惊喜的孩子们，叫我如何不感动！！半年多没见，她们越发漂亮、帅气了！逐个拥抱和握手，她们还要合影留念，引来众多好奇的目光。也来接站的内蒙古同学苏万循及时制止了大家见面的狂热，提醒我们还是尽快离开人流复杂的车站。

将住处安顿好了以后，稍事休息，万循陪我买了水果和饮料，雇了一辆三轮车，径直来到了内蒙古师范大学留学生公寓。可爱的“公主”们已经准备好了可口的饭菜，大家在一起聊天、唱歌，没有丝毫久别后的拘束，更没有丝毫的沟通障碍，他们的汉语真是有了很大进步。班长已经将未来两天的日程安排好了，那就是游览大青山野生动物园，参观内蒙古博物院。听说几个小“干部”还事先踩了点儿，将往返乘车路线和活动计划都安排得天衣无缝，暗自赞叹他们的适应能力。这些孩子身上有神奇的快乐因子，时时感染着我。他们的汉语笑话，他们惟妙惟肖的模仿动作，不时让我忍俊不禁。两天时间匆匆而过，欢声笑语也伴了我们一路，忘掉了一切烦恼，我身体的不适也早已杳无踪迹。

临别，他们又有安排。沿着校园的甬道，一个学生引领我来到了一片树荫下，大家早已围成一圈。班长策登素仁说："老师，您 keep promise（他们还没学会"信守诺言"这个汉语词），来和我们见面，我们真高兴。我们也要 what say ，what do，为您唱歌！"噢，是的，他们曾经说过，再见面，要为我唱更好听的中国歌！唱完了歌，他们将满满一瓶子幸运星和一本大大的影集送给我。不知是经哪个兰心蕙质的孩子策划，影集里有之前在蒙的留影，有她们在宿舍一齐赶制幸运星的情景，还竟然有刚刚在动物园和博物院大家的合影。才来呼市一个月，凡事竟然安排得如此恰切、妥帖，惊奇她们的效率和能力了！他们还说："老师，我们都想好了，一定要好好学习汉语，毕业以后争取再来中国留学，学好了，和你一样做好老师。我们非常骄傲您，以后，您也骄傲我们（这句有语病）。我们说到做到！"

谁说蒙古孩子散漫、随意、不守时、不践诺，这么自立、热情、聪慧、乐观的年轻人，还有什么美好愿望不会实现呢？！又一次，我的眼泪不由自主地掉下来。这泪，换了地点，却因为相同的人，面对相同的感动。回程的火车上，捧着影集，逐条品味他们的汉字注解，风趣、随意，又不失智慧和深情。临铺的乘客奇怪地看着我，她哪里知道我的快乐和感动！？相信为他们而骄傲的那一天一定会很快到来。事实上，有这样一群重情重义的小朋友，已经让我倍感骄傲了。

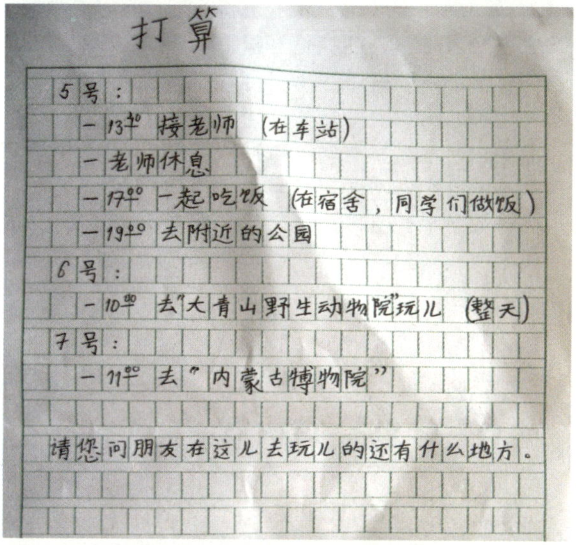

打算

5号：

－13^{00} 接老师（在车站）

－老师休息

－17^{00} 一起吃饭（在宿舍，同学们做饭）

－19^{00} 去附近的公园

6号：

－10^{00} 去"大青山野生动物院"玩儿（整天）

7号：

－11^{00} 去"内蒙古博物院"

请您问朋友在这儿去玩儿的还有什么地方。

1
2
3

1. 在中国，又一次见到了我的部分蒙古学生。

2. 这是班长的出行计划，稚拙，但却如此可爱。

3. 他们在中国的"家"里，热情地迎接中国老师。

1
2
3

1. 景美还是人美？

2. 他们冲着拿相机的我说：“我们爱您！”

3. 我们的汉字课堂已经延伸到了博物馆。

1
2
3

1. 不到半分钟，已经模仿得惟妙惟肖。惊叹他们的默契配合。

2. 他们的快乐无时不在，无处不在。

3. 最最搞笑的宾得利亚说：“我们找到了爸爸的爸爸的爸爸的爸！”

1
2
3

1. 孩子们自称公主和王子，封我为“刘王后”，哈哈，教我如何不骄傲！

2. 他们总是拥有极致的快乐。

3. 大家送我的影集和幸运星，这是最最珍贵的礼物。

试论
应充分发挥书法
在对外汉语教学中的积极作用

刘丽颖

摘　要：在对外汉语教学中，文字教学占有相当比重，而书法是一种以文字为载体的造型艺术，集基础知识和文化内涵等诸多因素于一身。科学、合理地将其应用于实践，可使其在对外汉语教学中发挥积极作用。

关键词：对外汉语教学；书法

对外汉语教学，指对外国人的汉语教学，实际上也包括对第一语言不是汉语的海外华人进行的汉语教学（《对外汉语教学概论》），是一个涉及面广，影响力大的学科领域。随着国家对这项工作的重视和投入不断地加强，对外汉语教学工作也取得了实质性的进展。虽然语言和文化教学性质不同，不可混为一谈，但对外汉语教学具有一定的特殊性。除了对学生进行语言知识和能力的培养和训练以外，它的一项重要任务是要努力在教学中渗透中国传统文化的相关知识，培养学生相关技能，使其更真切、有效地了解中国的历史和文化。同时，一些代表中国文化精髓的传统艺术也有助于学生更好地掌握汉语。在众多的中国传统艺术当中，无论从历史、现实还是未来发展来看，书法都将在对外汉语教学中起到不可忽视的作用。它在文化心理的接受、基础知识的掌握方面，均对学生有或多或少的助益。充分发挥其应有的作用，会在我们的教学中产生事半功倍的效果。

首先，书法在中国语言文字教学中不可或缺。我们今天能见的所有古代文化典籍，无不与书法有密切关系，书法承载了太多中国古代文化的信息，只要翻开浩浩洋洋的古代文字遗迹，无论是占卜记事的甲骨、金文，还是经世致用的典籍、文章，都离不开书法这一以文字为载体的造型艺术。中国的语言和文字始终与书法有着千丝万缕的联系。李白的诗、苏轼的词均是以文字为载体，以汉字书写的方式将情感内容传达给后人；而王羲之的《兰亭序》不只是“天下第一行书”，还是一篇绝妙好文。篆、隶、楷、行、草等书体的演变，竹、帛、绢、纸等书写工具的沿革，朝代更迭导致书写内容的变化……这些，都在为我们提供认知历史、了解历史的最直观的材料。

回顾历史，中国人文教育的历史最长。它采取书院方式，培养了众多博古通今的国学大师，而当中又无一人不对书法有不同程度的造诣。从教育体制上看，书法跻身高等学府，亦有历史传统。唐制，京都，“凡学六，皆隶于国子监”。此六所高等学府中便有一所“书学”，收学生三十人，学写三体石经、《说文》、《字林》。即使入其他学校习儒经的学生，也须“学书，日纸一幅”。又据史载，贞观元年，贵胄学校弘文馆收“京官文武职事五品以上，有性爱学书而及有书性者”二十四人，以内宫所出珍贵法书为范本，以大师虞世南、欧阳询为教授，学习楷法。对外汉语教学也是中国语言文字教学的一个分支，应适当地借鉴这一传统，用灵活有效的方式和方法，将书法与汉语教学完美地结合起来。

“汉字是世界上历史最悠久而且一直使用到现在的唯一的文字。”（《现代汉语》）汉字的流布与传播离不开书法。随着中国文化的普及和推广，书法这一代表性的艺术已经不仅仅是中国本土的文化现象了，它正日益成为具有世界意义的东方艺术门类之一。它在一个有限的静止的平面空间里，令人惊异地表现出一种时间性的艺术意蕴，吸引着越来越多的人跨越文化的差异深入地学习和研究。作为教育工作者，应最大限度地利用好这一工具。

其次，掌握一定的书法知识有助于学生正确书写汉字。

培养听、说、读、写能力是对外汉语教学课程设置里专项技能课的目标，其中写是很重要的一个方面。“文字是记录语言的书写符号系统，是最重要的辅助性交际工具”（《现代汉语》），有了文字，语言才可以更广泛而有效地传播。汉语教学也不例外地要把文字教学作为一个重要组成部分。中国的语言文字所蕴含的丰富内容，要通过正确、美观的书写传达出来，而汉字的书写恰恰是一个难题。特别是在对外汉语教学中，学生的错别字更是频频出现，书写的笔顺和规范性也达不到要求。这与汉字本身的特点有密切关系。不同于表音文字，汉字是音、形、意的结合体。鲁迅先生说过，中国的文字，“具三美：意美以感心，一也；音美以感耳，二也；形美以感目，三也。”（《汉字文学史纲要》）

这里所说的“感目”的“形美”，就是汉字的一个突出的特点，也是汉字书写能成为一门艺术的关键所在。它的复杂和多样既是学习者的障碍，同时也可以通过正确的引导和讲解使其转化为顺利攻关的扶梯，即遵循汉字本身的规律，形象、生动、逻辑地进行教学，这样便可使学生触类旁通，举一反三。

系统地掌握汉字的构造“六书”对一般学习汉语的外国学生来说是有些勉为其难，也无必要。教师可利用一些形象、生动的讲解和适时的纠误最大限度地避免错字的产生和重复出现。

先以一些象形字为例：1. 人体器官；2. 植物；3. 动物；4. 自然物；5. 生产、生活用具等（见图 1–5），相同的认知具有跨文化、跨国界的能力，类似图形的文字会使汉字不再抽象。由这些字又可扩展到一些形声、指事、会意等汉字，如：“睛”（形声），“本”、“末”（指事），“休”（会意）等，这可助学生记忆更加牢固，避免错字的产生。

图 1

图 2

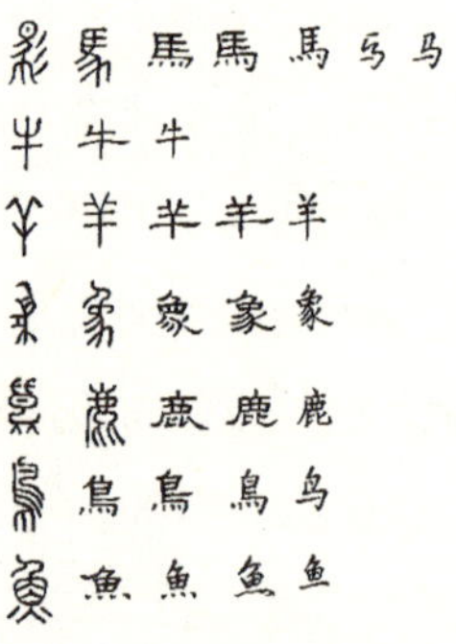

图 3

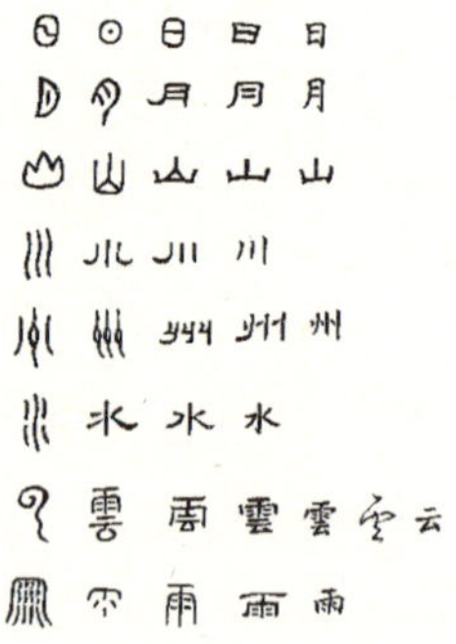

图 4

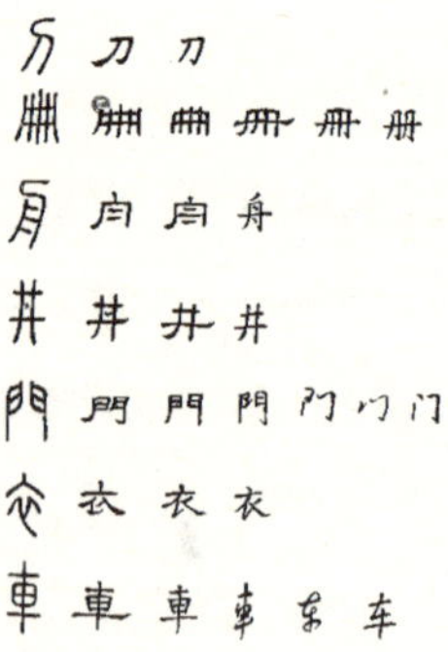

图 5

与此同时，在出现错别字后的及时纠正也是一个颇为有效的办法。在教学中，母语采用字母文字的学生常常会把“简”字的“竹”头都写成英文的“K”，还自觉合情合理。发现问题之后，要讲清楚每一个汉字的每一个组成部分都是有意义和内在关联的，它不只是一个符号。“简”与“竹”有关。书法艺术中，利用毛笔书写呈现出来的或粗或细的线条的丰富性可以直观地向学生展示“竹”叶的外形（参见图 2），那毫无生命力的“K”如何能体现这丰富内蕴于万一呢？！

书法具有时间性，书写过程有严格的笔顺要求，对书法字体如真、草、篆、隶的适当介绍可使学生了解汉字字体发展、演变的来龙去脉，减少错别字的产生。如“为”字从篆、隶至楷，再到行书、草书，最后简化到今天的字形，是有章可循，绝非任意而为的。“为”字从“爪”，字义是“做”，而不是“力”加两个点。这样，字义、笔顺便都清楚明白了（见图 6）。诸如此类，不胜枚举。

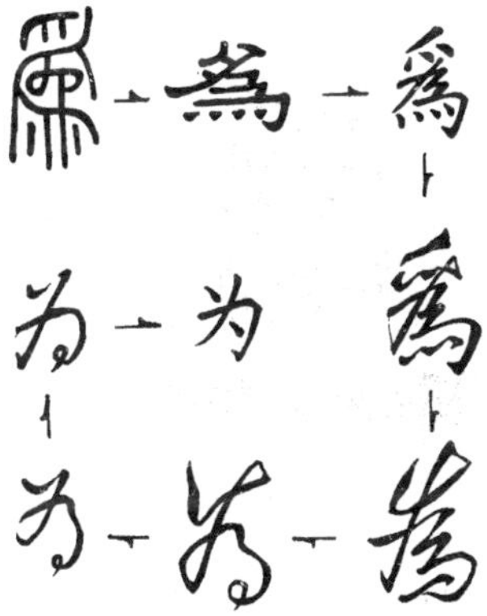

图 6

其三，书法是中国传统文化中最具代表性的艺术门类，被誉为中国“四大国粹”之一，吸引了很多外国学生的注意。旅法华人艺术家熊秉明先生说：书法是中国文化核心的核心。第二语言的学习和运用本身就是一种跨文化的交际活动，文化因素存在并影响着学习和交际，有针对性地进行文化导入，对教学是有意义的。所以书法知识的讲解和渗透，可以更好地提高学生的学习兴趣，最有效地使外国学生接纳、吸收和了解中国文化。

随着“汉语热”的不断升温可以发现，外国人（包括海外华人）学习汉语的目的不只是要应用于日常工作和交往，很大一部分人是被中国传统文化的神秘所吸引。而恰恰在书法中，蕴含了差不多能代表中国人气质和思想的所有方面。今天我们所谈的书法，作为一种人文文化，是中国最传统的艺术瑰宝。同时，它也没有随着时间的推移而削减其价值，没有因科技的发展、电脑的普及而失去其永恒的魅力，它在现今的社会生活中仍发挥着无可替代的作用，是实用性与艺术性的完美结合，是中国民族文化中最具光彩的艺术门类。从宏观角度考虑，书法是集文学、绘画、音乐、舞蹈于一身的艺术门类，在这个举世寻求美、创造美的时代不能不让人们对它刮目相看。2008 年奥运会的“中国印·舞动的北京”（见图 7），于方寸之间，涵蕴着如此丰富的内容：篆字的“京”，既是东道主北京的名称又是一个充满美感舞动的人形，印章本身所承载的诚信之义也向世人昭示了中国人的信心和力量；醒目的汉简风格的字母和数字是传统与现代的完美牵手，体现了中国文化的机敏融合；而印章本身的中国红又是如此彻底地烘托出一派和谐与热烈。如此包蕴深厚，涵盖阔大的艺术令无数外国友人瞠目结舌。

图 7

书法中又蕴含着丰富的哲学和美学内容。计白当黑，阴阳互补反映出中国人认知和感受世界的方法。书肇于自然。法国大雕塑家罗丹（A·Rodin）所谈到的线，完全适用于中国书法：“一条规定的线通贯着大宇宙，赋予了一切被创造物。如果它们在这线里面运行着，而自觉着自由自在，那是不会产生出任何丑陋的东西来的。”（《中国书法美学》）刚与柔，正与奇，雅与俗，方与圆，提与按，曲与直，疾与涩等等，书法之美正是在这血脉相连，虚实相生，错落有致，和而不同中体现出来的。处在妙墨汇集的殿堂里，正如置身于美妙奇幻的境界中，那龙威虎振、霞蔚烟蒸的气势，使人惊叹；那清风出袖、明月为怀的情趣，使人自在；那奇松倚壑、歌声绕梁的意态又使人陶醉……在众多的艺术门类中，书法可算是最引人入胜的一种了。

人的秉性，不管从善从恶，总免不了后天教育的陶融及环境的感应，这便是人生所需的修养，而“书学则为人生全部修养之大成”（《书学概论》）。中国古人修养的纲目有三：养静、养正、养和，这便是从性格、品行、气质等方面着手去修炼自己。易学难精的书法艺术足以令人寓意而不劳，乐心而不疲。鼓励和引导外国学生学习书法可以磨炼意志，培养其锲而不舍、刻苦实践的精神。古人“笔成冢，墨成池”，“笔秃千管，墨磨万锭”的佳话，在潜移默化中就会影响和鼓舞他们树立信心，战胜困难。同时，学习书法，还可陶冶情操。古人所谓“心正则笔正”，“字如其人”，鼓励人们抑恶扬善，外国学生在此艺术的殿堂里亦可净化心灵，感受美好，从而更加热爱生活，热爱和谐而美好的中国。

此外，文博事业的发展也使书法作品成为当下收藏的热点。与国人一样，很多来华学习的留学生也钟爱艺术、喜好收藏，在学习汉语的同时，涉猎书法知识也应是顺理成章的事。

参考文献：

陈方既、雷志雄（1994）《书法美学思想史》，郑州：河南美术出版社。

陈康（1990）《书学概论》，上海：上海书店。

陈廷祐（1989）《中国书法美学》，北京：中国和平出版社。

陈振濂（1993）《现代中国书法史》，河南：河南美术出版社。

黄伯荣、廖序东（1991）《现代汉语》，北京：高等教育出版社。

黄惇、李昌集、庄熙祖编著（1990）《书法篆刻》，北京：高等教育出版社。

金学智（1994）《中国书法美学》，江苏：江苏文艺出版社。

彭吉象（2002）《艺术学概论》，北京：高等教育出版社。

张玉金（2000）《当代中国文字学》，广州：广东教育出版社。

赵金铭主编（2004）《对外汉语教学概论》，北京：商务印书馆。

祝敏申主编（1985）《大学书法》，上海：复旦大学出版社。

原载蒙古国科学院国际问题研究所主办的《今日中国》

2009年第1期

蒙古学生
在汉字书写中
存在的问题及解决办法

刘丽颖

摘　要：为更好地提高汉字研究和对外汉字教学的效率，应了解和分析不同语言和文化背景下学生在汉字书写中出现的问题，在充分认识和把握汉字的特点和规律的基础上，有针对性地逐一解决。蒙古学生在汉字书写中也存在一些亟待解决的问题。

关键词：蒙古学生；汉字书写

汉字教学是对外汉语教学的一个重要组成部分，同时也一直被看作是提高对外汉语教学效率的重要制约因素。因为汉字作为书写符号系统，其自身在读、写、认方面存在特殊性，使它与汉语语音、词汇、语法之间形成一种极为密切的关系。外国学生汉字认知和学习的特点以及存在的各种不同的困难和障碍，使得汉字研究和对外汉字教学成为对外汉语教学系统中的一个难题。面对这样的难题，教学及科研工作人员应该充分认识和把握汉字的特点和规律，深刻认识外国学生，特别是非汉字文化圈的学生认知和学习汉字的特点与规律，在此基础上，探索和寻找到一条适合不同地域和文化特点的外国学生学习汉字的途径，为汉语教学整体水平的提高服务。

同为中国的近邻，与日本、韩国不同，蒙古使用的文字与汉字没有丝毫关联。蒙古语言是以喀尔喀蒙古语为主，从 1941 年开始采用俄文字母书写蒙语，沿用至今，也就是今天的新蒙文 Cyrilic，属于字母文字的范畴。一般来说，蒙文书写单位内部笔势相连，字势成长形，而汉字则呈方块形，字字独立，这便使针对蒙古学生进行的汉字书写教学成为一个相当棘手的问题。对于这些一直习惯书写线性结构的拼音文字的学生来说，方块汉字的书写最令他们头疼。作为教学人员，在对他们汉字书写中存在的问题进行细致的归纳、分析之后，有的放矢地加以解决，可以极大地提高整个对外汉语教学的效率和水平。

一、存在的问题

（一）不明其意，任意落笔

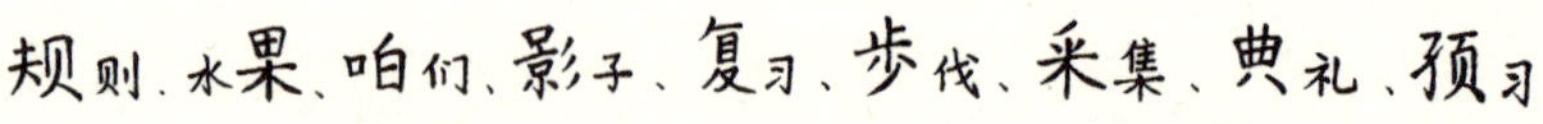

（二）不求甚解，想当然改变字形

（三）字形混淆

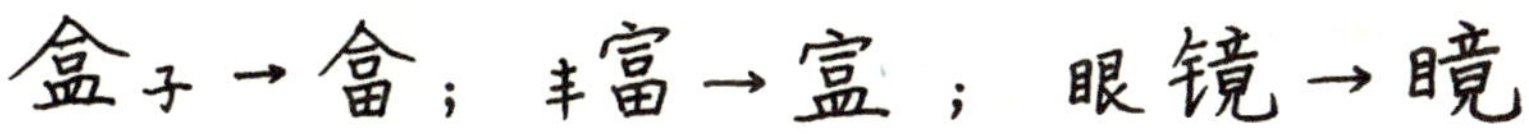

（四）不知笔顺，照猫画虎

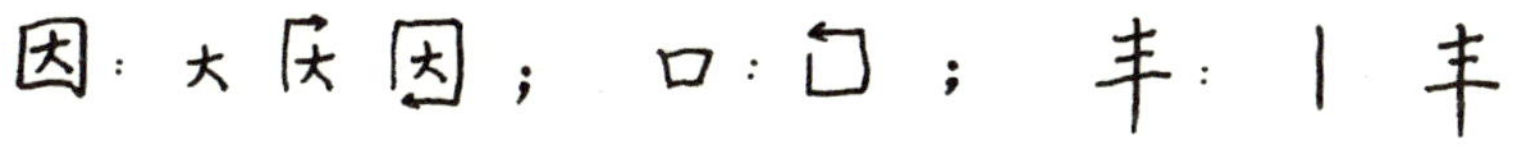

（五）左手书写导致汉字扭曲、变形

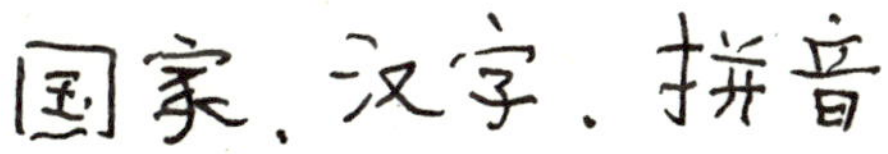

此外，拼音书写不当也是一个普遍存在的问题。拼音是字母，虽然不属于汉字范畴，但书写时一般也不像蒙文字母那样笔势连带。不规范的书写也不利于更好地学好汉字。

二、解决方法

（一）追根溯源，讲明字义

汉字是音、形、意的结合体，常用的有象形字、形声字、会意字、指示字等（汉代许慎“六书”中的转注和假借属于用字法，不必讲解太多），与属字母文字的蒙文存在根本的不同。认识到这一点，找一些经常使用又容易出现错误的字进行分析讲解，会使学生从源头上杜绝错别字。

图 1

1. 分析字形的来龙去脉

“果”字是树上结的果实，不可上下分离；“采”字是由“手”和“木”组成，表示从树上采摘果实或树叶；“冒”有“向外透，往上升”的意思，所以与“日”、“曰”都没关系；“步”是前后两只走路的脚演化而来的，上下各一个“止”，与“少”无关，如上页图 1。

2. 将容易混淆的字进行对比

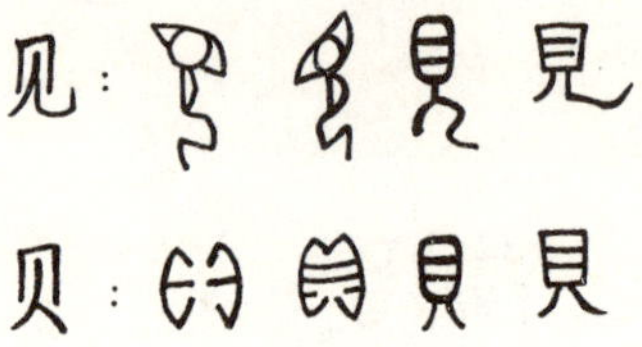

图 2

“见”是一个跪在地上的人，在他的头上有一只大大的眼睛，意思是一个人正在用眼睛看东西；“贝”则是由中国古代早期的货币演化发展而来，将贝壳分开以计数，就成了今天的字形，如图 2；又如上文的“盒”与器皿有关，而“富”与农田里的收获有关，二者的对比分析可以避免字形混淆。

3. 归类讲解，触类旁通

前面例子中的“影”、“复”都是将“日”字写错，不是多一笔就是少一笔，其实这两个字都与“日头（太阳）”、“日子”、“一日”等意义相关；而“咱”字与“自身”有意义的牵连，稍微讲解学生就能领会。

（二）归纳部首，举一反三

汉字当中，形声字占有相当的比重，对汉字中大量的形声字不可能逐一讲解，要通过对“预”这样有代表性，又经常出错的字进行强调，来使学生对这类字加强认识，提高注意力。同时，对一些常用字的分析、比较和归纳也可以很好地帮助学生记忆和书写汉字。最简单可行的办法是将一些常用字的部首归类，如木旁与木有关、水旁与水流有关、金旁与金属有关、人旁是与人相关的事务、目旁与眼睛有关等，讲明意义，就不会再出现将“眼镜”的“镜”写成“目”加“竟”的情况，而眼睛的“睛”也很容易写对了。

（三）认识笔顺规律的重要性

除个别字外，汉字一般都由两画以上构成。书写时，笔画的先后要有一定的习惯顺序，即笔顺。它是人们经过长时间的归纳和总结形成的利于汉字书写得端正、迅速的规律，其基本规则为：

先横后竖（十），先撇后捺（人），从上到下（三），从左到右（川），从内到外（凶），从外到内（月），先里边后封口（因），先中间后两边（水）。这是独体字笔顺规律，在此基础上，合体字也可遵循这些原则。比如“梦”字，包括先横后竖、先撇后捺、从上到下、从左到右、从外到内等多个笔顺规律。对于一些特殊的字，在处理笔顺时，则力图使汉字书写既正确、美观，过程又省时、科学，比如车、为等（见图3）。

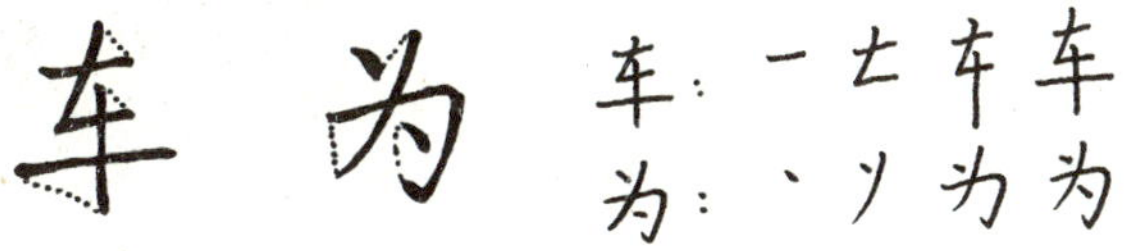

图 3

（四）纠正错误的用笔方法，努力训练右手书写

中国历来以右为上，在汉字产生之初，人们通常都是用右手书写。用于占卜、祭祀的甲骨、金文，更需要用右手。后来用毛笔书写在竹简、绢帛、纸张上的各种字体也一直遵循这样的方式，这从历代史书及绘画资料上都可找到明证。书法家们还根据经验总结出了各种执笔方法，其前提均是右手执笔。今天，我们分析汉字的间架结构，也能看出它顺应右手书写的趋向：

横一般略向右上倾斜，即使是电脑打出的宋体字，水平横的收笔也是在右边，如“——”，这都顺应人们右手书写的生理习惯。造字也循此理，比如“五”、“田”、“高”等字，如果是左手书写，很容易写成另一种样子（如图 4）。

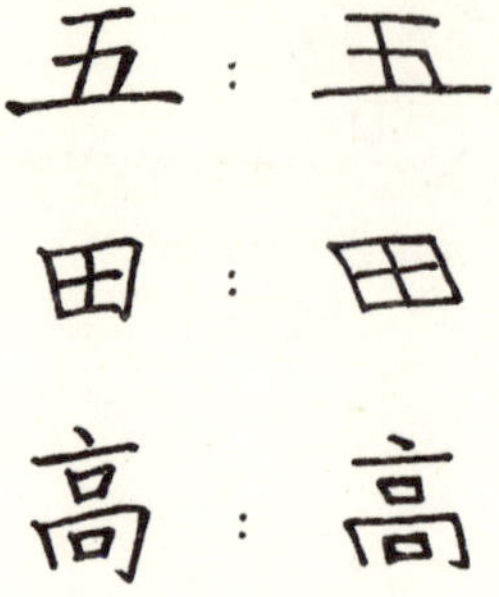

图 4

另外，蒙古学生执笔的方法也直接影响和决定他书写效果的好坏。针对硬笔书写汉字，人们总结出“五字执笔法”：按、压、顶、抵、靠（如图 5）。它要求拇指、食指、中指正好环绕笔杆，无名指和小指抵住中指，起支撑作用，笔杆以大约 45° 角的倾斜靠在虎口上，而手掌内部为空，所谓“指实掌虚”（如图 6），这样可以保证执笔坚定、有力、灵活、自如，而不是像一些蒙古学生那样用拇指指根握住笔杆。

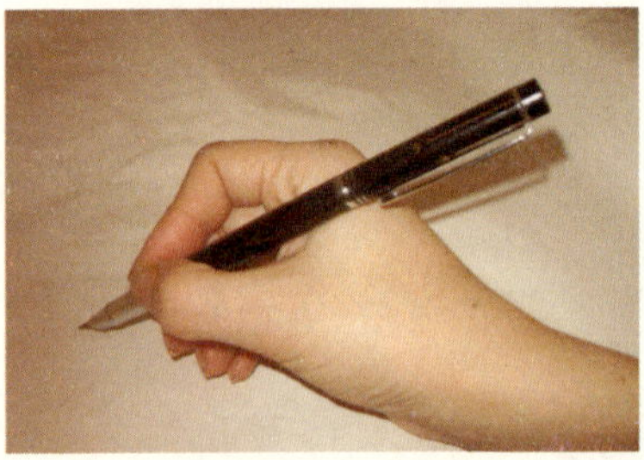

图 5

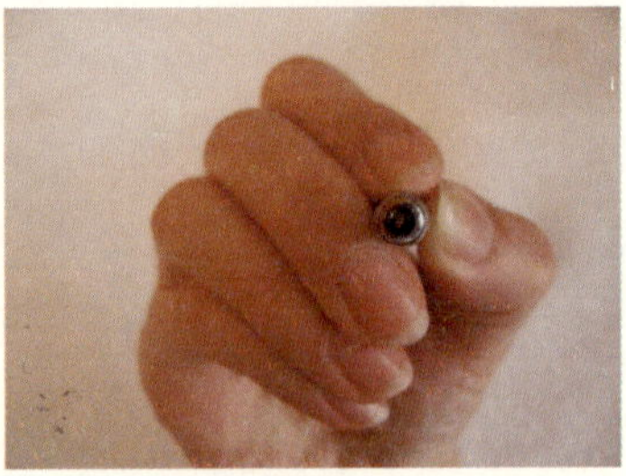

图 6

（五）渗透文化背景知识，缩小文化差异

有些汉字的产生与中国传统文化、习俗有关。比如“吉”字，上部是一件兵器，下部是用来储存兵器的器皿。古时人们在家里摆放和供奉武器以示平安、吉祥。又有一说：人们不再使用兵器，停止战争，过上安定、和平的生活就是一件“吉”事了。这与不同的文化习俗相关。又如“血”字，是源于古代祭祀，下面是一个象形的器皿，牛羊等祭祀品的血液注入器皿，就形成了

今天的字形；而“喜”字上部是鼓，听到音乐使人快乐、开心，下部是“口”，人一开心即开口大笑，就是“喜”了；还有，中国早期的书籍是由竹简装订成册，“典”字，先是一双手拿一册书，后来下面发展成一个书架，渐成今天的字形，所以与“曲”字无关。诸如此类，在掌握汉字的同时，也渗透了文化知识，事半功倍。

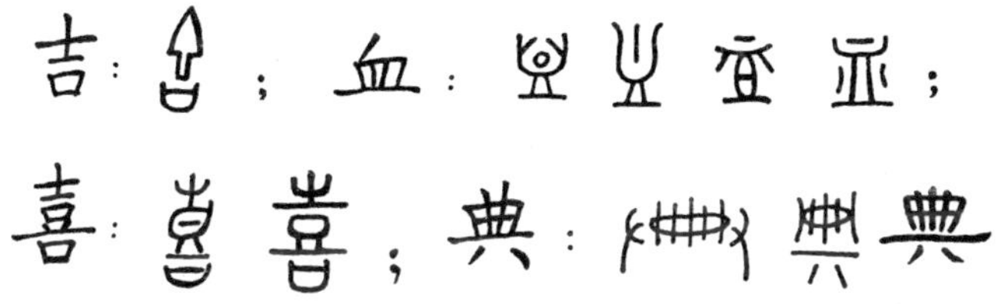

图 7

（六）引导学生勤学苦练

即使是中国人，想写好汉字也不是一时一日之功，都要经过刻苦的修习和磨炼。汉代的张芝每日坚持临池，池水尽墨；大书法家钟繇入山练字十年，木石皆黑；因为日夜练习，他睡觉时也不忘记练字，以至划破被里；唐代的怀素在芭蕉树叶上练字，大大的叶片写满了他的字迹，才成就了他流传千古的辉煌；唐代和尚智永登楼练字，坚持不写好不下楼，竟达四十年之久，遂成“退笔成冢”的佳话；元代康里巎巎每日写一千字才进膳，写不完一千字就不吃饭。这是何等的刻苦精神！

宋代大艺术家苏轼曾经说过：“笔成冢，墨成池，不及羲之及献之；笔秃千管，墨磨万锭，不作张芝作索靖。”只有坚持训练，才能取得突出成就；只要坚持训练，就一定能取得突出成就。待到熟练地掌握了笔法，挥洒自如之时，自然会感到苦尽甘来。遵循这样的原则，外国学生书写汉字也一定能取得好成绩。

当然，母语为汉语的人在使用和书写汉字时也存在大量的问题。在对蒙古学生的汉字教学中，要将耐心细致的讲解与带领学生大量的练习并适时地纠正、指导相结合。相信通过不懈的努力，这项工作一定会取得实质性的进展。

参考文献：

弗里曼（Freeman，D.L.）（英）、朗 (Long，M.H.)（英）著，蒋祖康导读（2000）《第二语言习得研究概况》，北京：外语教学与研究出版社。

黄伯荣、廖序东（1991）《现代汉语》，北京：高等教育出版社。

李仁孝（1983）《蒙汉语比较》，呼和浩特：内蒙古人民出版社。

汪春、郑重庆（2005）《画说汉字》（1、2），北京：华语教学出版社。

张玉金（2000）《当代中国文字学》，广州：广东教育出版社。

赵金铭主编（2004）《对外汉语教学概论》，北京：商务印书馆。

祝敏申主编（1985）《大学书法》，上海：复旦大学出版社。

原载《蒙古国立教育大学学报》第 23 期第 90-92 页

学习汉语的
蒙古学生语音偏误分析

刘丽颖

摘　要：无论是初级阶段的学习还是高级阶段的应用，语音在第二语言学习中都起着重要的作用，是检验学习成果的重要指标。在针对蒙古学生的汉语教学中，语音错误亦是最为棘手的问题。发现原因，纠正语音偏误是汉语教学中的重要任务之一。

关键词：蒙古学生；汉语语音；偏误分析

汉语作为第二语言，蒙古学生在学习的时候，经常会说：语音不太难，汉字有点难。因为如果汉字写错了，有教材等书面材料做参照，学生自己便可以对比、检查出来。而语音的准确与否，在没有教师及时纠正的情况下，学生往往认为自己的发音没有问题，所以觉得“语音不太难”。事实上，作为任课教师，都尽其所能地在学生出现语音错误的时候及时纠正，但毕竟有时间和场合的限制，老师无法对每个学生的每一次发音错误做细致解读和调整，久而久之，出现了一些普遍存在、共性突出的语音偏误。发现并归纳、总结出这些问题，加以细致分析，可以从理论上给学生以指导和纠正，帮助他们更有效地学好汉语，说一口流利、纯正的普通话。

汉语语音的习得研究一向是学者们关注的领域，同时对偏误的分析和研究也一直没有间断。出现偏误的原因很多，有的是教材的误导而引发的偏误，有的是教师教学方法不当引发的偏误，当然更多的还是学习者本身的原因。母语的负迁移，以及目的语规则的泛化都可以造成语音偏误。而以往的偏误分析，除了以针对英语为母语的汉语学习者的偏误分析之外，李红印（1995）曾就泰国学生汉语学习中的语音偏误进行过分析，提出了一些有价值的观点。语音是语言系统的物质外壳，语言表达中的各种信息，诸如词汇、语法、语义、语用等信息，都会透过语音表现出来。汉语语音系统中有声母和韵母，其显著特点是具有四声以及声调的变化，这对所有外国学生来说很容易就会产生“洋腔洋调”，即我们所说的语音偏误。作为亚洲人，蒙古学生在学习汉语的过程中，也与欧美和其他亚洲人一样面临或同或异的问题，其语音产生偏误的原因也有异同。下面通过具体分析，找出蒙古学生的语音问题，力求对症下药。

一、辅音声母

辅音声母的不同是由发音部位和发音方法不同决定的。蒙古语共有 19 个辅音，涉及不同的发音部位有 7 个：双唇音、唇喉音、舌尖前音、舌尖中音、舌尖颤音、舌尖音和舌根音；涉及不同的发音方法有 8 种：塞、擦、塞擦、鼻、边、颤、清 / 浊、送气 / 不送气。汉语 21 个辅音声母涉及的发音部位是：双唇、唇齿、舌尖前、舌尖中、舌尖后、舌面和舌根等 7 个；涉及的发音方法有：塞、擦、塞擦、鼻、边、送气 / 不送气和清 / 浊等几种。粗略相较，似乎差别不大。但仅有的差别，以及学习者对母语根深蒂固的掌握，往往使之不自觉地用已知的知识去代替汉语中相近的语音，造成偏误。比如，蒙语中的舌尖后颤音 P，汉语中没有，而汉语中的舌尖后浊擦音 r 蒙语中又没有，学生很自然地将两者混用。很多学生将汉语的 zh、ch、sh 读成类似汉语的 j、q、x，又将 j、q、x 读成 zh、ch、sh，这都是将汉语中的舌尖音、舌面音与蒙语中的舌叶音混淆造成的。比如，将“知道”读成“机道”，“迟到”读成“骑到”，将“是的”读成“细的”，将“着急”读成“嚼急”，将“介绍”读成“这笑”等等。汉语中的唇齿音 f 在蒙语中也没有，学生往往将“吃饭”读成“吃盼”，用双唇音代替。这种母语对第二语言学习的负迁移，影响和阻碍了蒙古学生对汉语语音的正确掌握。

二、韵母

蒙古语有 23 个元音，其中基本元音有 7 个；汉语复元音韵母有 39 个，其中单元音韵母有 10 个。对比一下，虽然两种语言都有形式相同的一些元音，但其中还是存在着很大的差别。在学生的发音实践中也不难发现，蒙古语的发音部位要比汉语偏后、偏低，口型较小，容易造成发音不到位的现象。另外，蒙古语在复元音的拼合过程中，不特别突出某一因素，而汉语的复元音中，要明显地突出韵腹的特征，这种差别就很容易造成蒙古学生的语音偏误。经常出现的错误有：将“律师”读成“路师”或“六师”，将“然后”读成“然或”，将“协奏”读成“协作”等，都是韵腹不准确造成的。蒙古学生在发 -i 时，将 shi 发成 she、shir、shei，将 si 发成 sei、se 等。此外还有成对儿韵母的经常性混淆，比如 an-ang、en-eng、in-ing、in-un、ian-uan 等，往往将“响亮”读成“显亮”，将“风筝”读成“纷争”，将“人民”读成“人名”，“通信”读成“通讯”，“潜水”读成“泉水”，造成意义表达的错误。

三、声调

同世界上许多语言，特别是印欧语言比起来，汉语的最大特点是它的声调。因为汉语具有四声音调，同时还有轻声、变调等情况，使得语音变得更为复杂。长期的对外汉语教学实践告诉我们，声调是汉语语音教学的难点和重点所在，也是所有的外国学生学习中都要面对的大难题。

为了把调值描写得具体、好懂，一般采用赵元任创制的“五度标记法”来标记声调，即阴平 55、阳平 35、上声 214、去声 51。关于汉语声调的习得，针对不同的学习者，学者们的观点有所不同。余蔼芹（1988）在研究儿童对汉语各种调型使用频率的基础上，得出了一声最易，其次是四、二，三声最难的结论；赵金铭（1987）认为外国学生最常见的错误是调域问题；在此基础上，沈晓楠（1989）通过语音实验的方法，得出了学习者常见错误主要集中在调域而不是调型上；等等。体现在蒙古学生身上，一般来说，阴平和去声的难度大于阳平、上声和轻声，当然也经常出现四声相互混淆的情况。阴平 55 调值不到位，或者干脆读成阳平、上声或去声，“今天”往往读成“今田”、“今舔”、“今添”；有时也将上声读成阳平或去声，如“有”读成“由”、“又”，但一般很少将阳平、上声和去声读成阴平的。老师有时候要借助手势，力求形象地提醒学生读准音调，但是，并非全部有效。比如，三声变调就是难题，三声和四声在一起时，汉语语音是将三声的后半部分的 14 去掉，只剩 21，但学生在读音时，却把它读成 51，将“舞会”读成“误会”，将“语言”读成“预言”。这样的问题只靠手势是不足以让学生明确从而得到解决的，还要从理论上细致讲解。有学者指出，声调的性质取决于音高的变化，而音高的变化决定于声带的松紧。训练学生体会自己声带的变化可以帮助他们纠正偏误，读准声调。

四、语调

汉语词语和句子都有轻、重音变化，呈现出抑扬顿挫的美感。这种在说话或朗读时呈现出来的句子有停顿、声音有轻重快慢和高低长短的变化，总称为语调。同一个音节，在连续发音（语流）的情况下，也或多或少地有一些与单独发音不同的地方。有的音改变了原有的发音部位，有的音改变了原有的发音方法，甚至连声、韵、调都有改变，这就是所谓的“连读音变”，也叫“语流音变”。对于外国学生来说，语音的变化美恰恰成了他们学习中的难题。汉语中的一些轻声、儿化和句重音，不仅区别意义，还表达情感。错误的语调不利于语言交流，更是正确掌握规范、标准的汉语语音的障碍。

（一）停顿。正确的停顿要借助标点符号或意群和节拍群在语法结构上的提示，有时为了突出某一事物，强调某一观点，表达某一感情，在句子中没有标点符号的地方也做适当的逻辑停顿。同时，语速在说话和朗读中对于表达不同的情感也有重要的作用。这些对于将汉语作为第二语言的蒙古学生来说，都有相当的难度。在课堂和日常交流中，学生有时因为不熟练而随时做不得已的停顿，有时则做无规律性的任意停顿，这都妨碍了语言交流的准确和畅达。

（二）重音。汉语有词重音和语重音。一般来说，汉语词重音的基本规律是，无论是双音节还是三、四音节，以及更多音节的词，重音多落在最后一个音节上。句重音一般分为语法重音和逻辑重音，这要求学生在口语中先准确理解意义，才能准确发音。

（三）句调。它是指整句话的音高升降的变化，在句末音节上表现得特别明显。一般来说，句调有 4 种形式，升、降、平、曲调，这其中表示出来的反问、疑问、惊异、号召、感叹、请求、严肃、冷淡、讽刺等语气，是很难准确把握的。蒙古学生往往只注意某个单字或词的正确发音了，却往往无暇顾及句调的变化，这就要特别地加以强调和训练。

另外，起始阶段的拼音教学异常重要。我们的拼音方案是为汉字注音的，但它又不是音标，没有反映实际读音，对蒙古学生来说，这些不反映实际读音的地方，会造成“过度泛化”的现象。例如，一个字母 a 代表 4 个音位变体，e 代表 3 个音位变体，字母 ü 与 j、q、x 相拼或自成音节前加 y 时，去掉两点，就使 u 有时候要代表两个元音音位等。这都使得蒙古学生经常混淆，产生语音偏误。

任何一种语言的习得都不是一蹴而就的，汉语作为第二语言，在语音等方面又具有较为复杂、多面的特点，加上学习者受到已有母语知识的负迁移影响，必然造成学习过程中的困难。研究者一般用中介语理论分析外国人学习汉语时的语音偏误。中介语指的是由于学习外语的人在学习过程中对于目的语的规律所做的不正确的归纳与推论而产生的一个语言系统，它既不同于学习者的母语，又区别于所学的目的语。科学地认识中介语产生的多方面因素，有效利用正迁移，抵制负迁移作用，可以帮助我们提高教学效率。针对蒙古学生汉语语音的偏误，首先，要明确差异，尽量让学生从理论上了解错误产生的原因，使其有的放矢地纠正自己的错误。王力先生曾经说过，学习外语没有别的秘诀，最要紧的是改变自己的语言习惯。对外汉语教师的任务就是帮助学生克服母语对第二语言的负面影响，更加有效地学习。这个过程中可以采取对比分析的方法帮助学生理解偏误，借以达到纠正的目的。其次，强调错误的危害性，使学生有纠正错误的紧迫感，时时处处注意语音的正确与否。具体到方法，可让学生多听自己的录音，自我纠正，多对话，在互帮互学中找差距。同时，因为蒙古学生的语音偏误具有共性，也可让学生相互间做“镜子”对照、纠正。第三，强化训练，让学生在循序渐进的过程中，不知不觉地纠正错误。密集、熟能生巧是语音训练中重要的途径和方法。第四，在教学中，选用适合不同年龄段、不同学习背景学生的教材，有侧重地调整教学方法，使语音教学更科学和有效。当然，在汉语作为第二语言的语音启蒙阶段的教学还是至关重要的，错误的习惯不容易纠正，应该尽量在源头上杜绝语音偏误。

作为授课教师，在汉语教学中经常会遇到很多看起来不成问题的问题，有时候学生的错误甚至让人啼笑皆非。而一些语音偏误则具有“化石化”、“反复性”的特点，不是一朝一夕就能纠正的，这都要求教师要有良好的业务和心理素质，不厌其烦地纠正学生的错误，不断鼓励，使其在心理上形成一种良性学习机制，积极、主动、乐观、自信地投入汉语学习，取得理想的学习效果。

参考文献：

德·乌恩其（2002）《汉蒙对照新蒙文教程》，沈阳：辽宁民族出版社。

黄伯荣、廖序东（1991）《现代汉语》，北京：高等教育出版社。

李红印 (1995) 泰国学生汉语学习的语音偏误，《世界汉语教学》第 2 期。

沈晓楠（1989）关于美国人学习汉语声调，《世界汉语教学》第 3 期。

王建勤主编（1997）《汉语作为第二语言的习得研究》，北京：北京语言文化大学出版社。

余蔼芹 (1988) 声调教法的商榷，北京：《第一届国际汉语教学讨论会论文选》。

张金梅（2007）蒙古国人学汉语辅音元音错误分析以及对策，乌兰巴托：《蒙古国立教育大学学报》。

赵金铭（1987）从一些声调语言说到汉语的声调，北京：《第二届国际汉语教学讨论会论文选》。

赵金铭主编（2004）《对外汉语教学概论》，北京：商务印书馆。

了解中国文化，宜从汉字始

——兼及文字教学中适当引入繁体字的问题

刘丽颖

摘　要：纵观中国五千年的传统文化，需要诉诸形象和整体思维的门类特别发达，这在一定程度上都与汉字对其使用者们的心理思维影响存在关联。因为汉字以象形为基础，又是复脑文字，其对大脑活力的刺激偏重于具有同时性和综合性功能的右半球，这就使一般的文化门类往往具有形象和整体思维倾向。从汉字入手，可以帮助人们最直观、便捷地了解中国文化。

关键词：汉字；中国文化；形象和整体思维倾向

“汉字是世界上历史最悠久而且一直使用到现在的唯一的文字。”（《现代汉语》）她是世界上最古老的三大文字系统之一。古埃及的圣书字、两河流域苏美尔人的楔形文字已经失传，汉字还在使用。而且汉字是目前世界上使用人口最多的文字。不同于表音文字，汉字是音、形、意的结合体，本身具有极丰富的内涵和特质。鲁迅先生说过，中国的文字具三美：“意美以感心，一也；音美以感耳，二也；形美以感目，三也。”（《汉字文学史纲要》）同时，它所承载的艺术形式——书法，又被人称为“中国文化核心的核心”（熊秉明），成为人们绕不开的“心”。任何一个想了解中国文化的人，无论是中国人还是外国人，都宜以汉字为切入口，逐渐地登堂入室，深入到博大精深的中国传统文化的巨大宝库之中。

首先，汉字最直接的用处就是辅助阅读，识字是我们接受书面知识的前提条件。因为汉字作为记录汉语的书写符号系统，其自身在读、写、认方面的特殊性导致了它与汉语语音、词汇、语法之间形成一种错综复杂的关系。我们今天能见到的所有古代文化典籍，无不与汉字书法有密切关系，它承载了太多中国古代文化的信息。只要翻开浩浩洋洋的古代文字遗迹，无论是占卜记事的甲骨、金文，还是经世致用的典籍、文章，都离不开书法这一以文字为载体的造型艺术。不识汉字，自然无法直接汲取记录中国文化的经籍典藏中的精华和营养。

其次，方块汉字本身也承载了太多中国文化的信息。刘志基在《汉字文化综论》一书中从复脑文字、语素文字、方块构形、平衡对称等几个方面指出，考查中国人的思维习惯，以及社会政治、经济、哲学、文学艺术，原来都可以借汉字这一特殊文字追根溯源。

第一，实验表明，汉字书写对大脑活力的刺激偏重于右半球，而大脑右半球的功能与左半球的差异在于：它不是系列性、分析性的，而是同时性和综合性的。而与同时性、综合性相联系的，则是人们形象思维和整体思维的能力。在中国传统文化中，需要诉诸形象和整体思维的门类之所以特别发达，以及一般的文化门类又往往具有形象和整体思维倾向，在一定程度上都与汉字对其使用者们的心理思维影响存在内在联系。有人说西方的哲学是一层一层逐渐地剥离，而以中国为代表的东方哲学则如滚雪球，越积越大，重视整体性；再比如西方的医学侧重局部的诊断，哪儿痛医哪儿，而传统的中医则利用望、闻、问、切宏观地来调理人体的气脉，使之顺畅、通达；又如京剧、武术等都不是单一的技术，京剧将音乐、舞蹈、美术、文学、历史等协调配合，形成绚烂多姿的舞台艺术；武术更是将人的修养、气度、精神、品格等融会贯通，达到身心的完美统一。这种形象和整体思维的特点与汉字这一特殊的音、形、义结合的文字在产生、发展和使用过程中体现的人的思维特点存在明显的关联。

第二，从文字的基本记录语言单位来看，世界上的文字主要有三类：1. 记录音素的是音素文字，如英文、法文、俄文等；2. 记录音节的是音节文字，如日文的假名；3. 记录语素的是语素文字，如汉字。前两者都是表音文字，也叫拼音文字。表音文字的基本单位是字母，语素文字的基本单位则是字。近年来，又有专家、学者提出了“字素”的概念，指出古今汉字的字素数量虽然略有消长，但其总数总在三四百个之间，如近现代汉字的字素数量为 323 个（李玲璞，1995，第七章）。以一般的拼音文字而论，其字母与汉字字素的地位大体相当，而其字母的数量通常只有几十个，如拉丁字母（为英、法、德等语采用）26 个，阿拉伯文字母 28 个，希腊文字母 24 个。绝对数量来看，汉字通常为一般的拼音文字 10 倍以上或更多，其导致的不同文字构形数量的差异则可至上百倍，上千倍。大概说，汉字一共有近 6 万个，只常用字便有 4500 多个。

与此同时，不只是数量上的差异，字素拼合方式也是相差悬殊。拼音文字的字母拼合成为单词，只有横向的左右拼合这样一种单一形式，而汉字则有多种。据专家对甲骨文复素字（即合体字）统计，有7-14类拼合方式，数量可想而知。对于现代汉语中的字而言，我们可以总结出以下的多种组合方式：

左－右（法）、左－中－右（揪）、上－下（晨）、上－中－下（翼）、左上左下－右（数）、左－右上右下（捍）、上－下左下右（品）、上左上右－下（想）、上左上中上右－下（辔）、上－中－下左下中下右（赢）、内－外（辽）、外－内（间）等等，其组合中还可以区分出更为细致的不同。

郭可教在《"双重编码"和"复脑文字"》中指出：人们在认知一般的拼音文字时，大脑中的作用部位偏向左脑，因此世界文字中占绝大多数的拼音文字都属于所谓的"单脑文字"；而人脑对汉字进行信息处理时，却是左右脑并用，上下左右、四面八方进行观照，因而汉字成为一种十分特殊的"复脑文字"，它锻炼了人的思维。所以中国有悠久灿烂的文化，有四大发明，有今天快速的发展，这都是中国人智慧和聪明才智的体现。

第三，方块构形，体现了中国人传统的思维取向。方块形态，不仅是现代汉字的特征，迄今为止所发现的最早的成体系的汉字——殷墟甲骨文，其中虽有合文以及字形大小不均的现象，但大体上字形均略呈长方形。西周金文方块特征更显，如《宗妇鼎》、《宗妇盘》铭文，都是先画好方格再铸的。小篆以后，方块形体已成汉字定格，一直延续至今。我们今天也还能看到大量碑版的格局都是方形，特别是北魏的墓碑，经常有方格将一个一个的汉字隔开，大方中套小方。如《龙门二十品》中的《始平公》本身就是方笔的代表，同时粗壮庄严的方块界格也夺人眼目……这种方块特征，正是先民方形嗜尚的表征。在中国文化观念的体系中，"方"是一个极重要也极具理想色彩的范畴。先民空间概念的特质，即可用一个“方”字来概括：“方”就是“天下大地”，《淮南子·本经训》所谓“戴圆履方”，即“天圆地方”；“方”亦可谓“邦国”，如诸侯可称“方伯”，中国可称“方夏”；“方”又可为“乡”之异名，乡土犹称“方土”。这正与中国人自古生活在广阔的大陆上有关。与此相应，人们营构自己的生存空间，如房屋、院落、城市无不取方形结构，其中固然有方便、易于建构的原因，但主要的还是对其形式的偏爱。最典型的就是古代帝王建筑，以及北京的四合院。甚至连时间上的四时，春夏秋冬，听觉、色觉、味觉上的五音、五色、五味也分别与“四方”（东西南北）或“五方”（东西南北中）相配，均呈方形结构。

作为事物存在形式的常规，“方”又自然而然地在价值观念、审美意识的层面上取得了“标准”的地位，于是，方可以表示“道理”、“准则”、“楷模”、“礼法规矩”、“正直善良”等等。汉字形成方块体态的特征，是受汉民族古代文化宏观背景制约的，在这种特征中，自然也蕴含了先民的方形嗜尚。

第四，平衡对称，是汉字构形的又一基本特征。独体字、合体字，古文字、隶变以后的隶化、楷化文字，汉字的平衡对称特性都是无处不在、始终如一的。为了保持这种特性，先民在造字中甚至不惜牺牲字形表词的明确性与完整性。由一个表音字素和一个表义字素构成的形声字，从表词明确的要求来看，当然应在字形自然结构的布局上，使义素和音素相对独立、对等。但事实上，如果这种安排会有损于字形自然结构的对称平衡，则人们在造字中宁可服从字形自然布局的审美要求，而将表词明确的要求置于不顾。

如“勝”字，从“力”、“朕”声，而义素“力”与音素“朕”的一部分混同一体。“裹”字，从“衣”、“果”声；“杂（雜）”字，从“衣”、“集”声，这些字均分割穿插。又比如，“弑”字本该从“殺”、“式”声，“釜”字本该从“父”、“金”

声，“屈”字从“尾”、“出”声，这些字都将形符省略了一部分。“黴”字从“丝”、“微”声；“豪”字从“豕”、“高”声，都将其声符省略一部分。之所以有这样的变动，都是为了形成统一的方形，达到对称平衡的效果。林林总总，不胜枚举。早在仰韶文化陶器上的绘画，其构图已充分显示对称平衡的风格；殷墟的甲骨刻辞，其基本格局也是以腹甲中心线为界，左右对称的。在汉字产生以前及产生之初，汉民族即已形成了平衡对称的审美意识，因而在汉字创制过程中，便很自然地受到这种意识的深刻影响。

这种观念也是无处不在地体现在日常生活中。比如，中国的园林建筑、佛塔、寺庙，格律诗、对联，直至民俗中崇尚的双“喜”字，吉祥双数等，无不打上这种观念的烙印。

最后，借刘志基阐释过的字例来解读一下汉字直接传达出的意义以及由其引申出来的历史文化内容。比如这个“好”字，可以接收到这样的历史文化信息：即先民对生育崇拜的意识。好，从“女”从“子”。对这两个表意字素之间的关系，人们有不同的理解。如《说文解字》段注限定关系：“好，本谓女子”，“女之少者为好”；又如女、子为并列关系，表示“男女相好”。最可信的，刘志基认为是主谓关系，“女有子”、“女产子”。从中可见，在中国的传统社会中，女子生产并抚育孩子才是“好”事。又比如“男”字，以手持耒耕于田；“农”与“努”也有语源联系，“努”的音是从“农”得来的。这都说明在以农业为主要的生存手段的中国社会中，认真务农的地位和受重视的程度都是不可低估的。类似的例子还很多，这里不一一列举。

综上，我们说，汉字的发生和发展都有其社会的、历史的原因，不是偶然出现并传承下来的。意欲深刻地了解中国文化，汉字是必不可少的工具，同时也是有效的手段，有目的地熟悉、掌握和研究汉字将取得事半功倍的效果。

与此相关，涉及如何对待繁体字的问题。中国大陆于 1956

年开始制定和推行简化字，从此，简化字在中国大陆成为规范汉字。繁体字亦称“正体字”，就是与简化字相对的传统汉字。目前有很多专家、学者提出对中小学引进繁体字教学，我觉得无论是对母语为汉语还是汉语作为第二语言的学生进行汉字教学的时候，适当引入繁体字的确很必要。

首先，繁体字符合六书规则，具有很强的规律性，一些偏旁和部首可以很好地将汉字归类。从表面上看繁体字虽然笔画多，但却容易记忆。简化字虽然书写简单，但靠死记硬背使学习难度加大。这就是速记符号最简单却无法推行的原因。在讲解某个汉字发展脉络的时候，往往是先从起始源头的繁体字开始（乐、为、书、当都是繁体的草写），很多文化意义也承载于汉字发展的进程当中。一些经过简化，一个代替两个意义的字，容易使初学者产生歧义，如后（帝后和前后）、里（里程和里外）、谷（山谷和稻谷）、发（发展和头发）等字，只有讲清来龙去脉，才可以使学习者知其然，更知其所以然。

其次，跟书法艺术有关。刚刚被列为人类非物质文化遗产的书法篆刻是中国文化的精髓，而繁体汉字是其载体。她具有美感的同时，亦能表达人类的感情和对美的体会。世界上还没有哪种文字能像汉字这样具有无穷的魅力。汉字书法艺术的这种影响，又主要是通过历代名士大家的法帖来完成的。于是人们纷纷摹仿之，效法之。而法帖皆是繁体字，识繁用繁必不可少。

另外，现在除中国大陆一些年龄较长的人或从事文史、考古相关专业的人之外，在香港、澳门、台湾及海外繁体字的使用范围十分广泛，少数日韩汉字亦为繁体字，这些都说明加强或者普及繁体字教学是有一定必要性和可行性的。

最后，我们说简体字是在充分考虑到在汉字尚未找到一个有效的输入字盘，无法使其与西方科技竞争相容，一起进入高速发展的现代化时代这些因素而推行和使用的。使用简化字可使初学者节约书写时间，而且在过去的几十年里，它确实起到了一定的扫盲作用。但时代在发展，目前的汉字已经克服了重重难关，达到了可以“信息化”、“电脑化”的水平，所以简化字“好写”、“能节约时间”的长处已经降低到一定的限度。在电脑输入和信息交流方面，繁体与简化的汉字在速度方面已经不存在明显的优劣了，而其文化内涵的差别则显得突兀起来。

当然，讨论繁体字的学习和使用，要有法律意识，依法办事，不能违反法律规定各行其是。实践中，可先繁简并进、用简识繁，对于一些并不影响文化内涵的简体字可予以保留，其中具体的比重，还有待逐步摸索和研究。

参考文献：

黄伯荣、廖序东（1991）《现代汉语》，北京：高等教育出版社。

李玲璞（1995）《甲骨文文学学》，上海：学林出版社。

刘志基（1996）《汉字文化综论》，南宁：广西教育出版社。

张德鑫（1996）《中外语言文化漫议》，北京：华语教学出版社。

赵杰（2000）《东方文化与东亚民族》，北京：北京语言文化大学出版社。

赵金铭主编（2004）《对外汉语教学概论》，北京：商务印书馆。

钟敬文著，董晓萍编（1996）《民俗文化学 梗概与兴起》，北京：中华书局。

此文经改动后，于2010年5月发表在《蒙古国立教育大学学报》第24期第101-102页

有的放矢，力争卓有成效

——针对蒙古国 HSK 考试的一点想法

刘丽颖

摘　要：针对蒙古国 HSK 考试现状，从汉语教师的角度，结合自己的教学实践进行深入的思考，确立明确目标，努力做到教学和应试双管齐下，相互促进，争取在有效的时间内取得最实质性的成果。

关键词：教学；应试；有的放矢

中国著名的书法教育家欧阳中石先生曾经说过，无论是教学、科研、发明、创造，在各行各业里要想取得突出成绩，都要努力“打靶子”。应试也是一种实战，有的放矢地培养一种应考能力的过程，其实对语言的学习也有促进，甚至可以事半功倍，令学习者有成效感，有积极性。我在辽宁的工作单位从1996年开始招收日本留学生，他们入学的目的好像主要就是参加HSK汉语考试。大概是因为当时HSK在日本的宣传力度相对来说较大，范围也很广，同时因为就业、求学的压力，促使他们亟需能证明自己语言水平的证书。后来陆续又招了一些韩国学生，多是成人，也都把参加汉语考试当成学习的主要动力。那时沈阳还没设考点，他们都到大连或北京去应考，所以我们任课教师并没有机会亲临考场去体验，只是从他们的成绩单上部分地检验教学效果。一般来说，任课教师在教学中都尽量针对HSK考试的内容和重点，进行知识的渗透和能力的培养，基础性课程之外的一些专项技能课，都力争把所用的教材与考试样题做适当的结合，效果还不错。离校后，他们或继续深造，或参加工作，其汉语水平都能在实践中经得住进一步的考核和检验。

来蒙古工作近两个学期，感觉学生的学习压力不大，很少有明确的应试要求，这不失为一种很好的现象，因为在轻松愉快的氛围中学习语言是最理想的状态。很多教育理论也都强调，如果将教学活动简化为应付考试，是违背教育教学规律，是不科学，也是危险的。但我觉得遵照大纲，循着一个脉络进行系统教学的同时，在课堂上适当结合汉语考试来加强训练也是必要和可行的。

首先，教学和应试可以双管齐下、相互促进。比如上阅读课时，进行几分钟到十几分钟的考试模拟，快速阅读课文中的一小段文字，然后让学生回答老师设计出来的3至5个小题，再有针对性地进行精读和讲解，可以帮助他们熟悉篇章结构的基本规律，建立相应的知识图示，进而归纳和总结出一些行之有效的应试技巧。例如：1. 按图索骥。即先看题，再读文，按题目顺序依次在文章中找答案。这种方法看似机械，实则有效，可培养学生快速浏览、跳跃思维，进行合理的猜想、推断、引申和储存记忆的能力；2. 提纲挈领。在回答主旨性问题时，扩大阅读单位，跳跃障碍，抓主题句，抓关键词，在文首、段首、句首截取重要信息，提高学生对篇章结构和连接手段的敏感和认知水平，培养综合、归纳能力；3. 删繁就简。就是短时间内果断地排除错误信息和答案，在余下的选项中寻求突破，这可培养学生敏锐的判断和辨别能力。同样，也可以在课堂上适时地模拟听力考试情境，培养听的技巧和适应性，训练学生根据听到的内容推断言外之意，加强对学生注意力、想象力和推理能力的开发。通过这样的训练，不仅可以增强学生的学习兴趣，提高应试水平，同时也促进了教学水平的提高。

其次，增加汉语考试在教与学评价体系中的比例，进一步强调其重要性（有的老师甚至提出，用 HKS 代替一些不规范的汉语教学，也未尝不可）。适当的压力可以增强学生的紧迫感，在学习上投入的精力会更多一些。从对蒙古学生有限的了解中感受到，部分学生在学习语言上很有天赋，但对知识点的掌握不是很“较真儿”，如果时时提醒他们即将应对考试，也许会减少学习过程中不求甚解的现象。同时，任何一种语言教学都需要有相对规范的对语言水平和使用能力的成绩考核机制，衡量和评估教学效果，以指导和改进教学实践。自己教，自己出题考试的循环模式，使教师的教学必然存在随意和不稳定性。目前，HSK（明年开始新的 HSK）考试是中国最具权威性的汉语作为第二语言的国家级标准化考试，其科学化程度在语言测试领域有口皆碑，其可靠性和有效性已经得到了广泛的认可。又因为它不以任何现行的对外汉语教学大纲或教材为依据，反而使任何一种对外汉语教学大纲或教材都可以指向它。如果我们将 HSK 当成靶子，使之为教学提供反馈，汉语教学的目的性和时效性将会得到进一步保障。

第三，作为教授汉语的专业人员，我们不应只是要学生为考试而考试，让他们都成了应试的“分母”，徒然费时费力，而应该给自己一个重要的任务，那就是通过教学切实有效地帮助他们顺利地获得相应等级的证书，检验学习成果，提高自信，以利进一步深入学习。有专家指出，虽然第二语言习得研究和第二语言测试研究是两个独立学科，但二者之间存在着很强的互补关系。2004 年，我曾到设在北京的“新东方”外语学校总部参观，了解到它的成功之处关键在于真正充分地满足了各类人群在语言应试上的不同需求，多语种、多角度开设课程，像英语的托福、雅思、GRE 自不必说，另外还有什么硕士班、同等学力学位班、考博班等，针对性极强，分类特别细致，其取得的成果自然也是有目共睹的。所以我觉得在蒙古国考试辅导和教学中，也可根据学生的不同程度和水平，分门别类，协调配合。像有些老师建议的那样，适时地成立辅导中心，整合各校师资力量，由中国老师负责基础知识的讲解，再由有经验的蒙古老师讲解应试技巧，以加强辅导的稳定性和承续性，帮助考生在应对各种题型时，都能做到胸有成竹、得心应手。

最后还要说一点，除了对考试内容进行辅导之外，有条件的情况下，各校教师还应该在考前再多用一点时间向考生，尤其是低年级的考生，解说考试程序（可以细致到涂答题卡的方法和注意事项），帮助学生熟悉考试题型。来蒙古后，有幸作为主考参与 HSK 的考试（5 月份去达尔罕，10 月份在乌兰巴托），两次面对的均是基础的考生，发现最小的只有 6、7 岁。不只是一些有关成人社会的考题他们无法理解，就连一些具体的考试要求让他们在短时间内领会并帮助和指导其参加考试也是有困难的。这就容易造成一些学生本来运用汉语的能力很强，但因为年龄以及由此决定的理解水平的局限，成绩不够理想，影响了部分学生的学习热情。所以如何科学、合理地面对即将应考的低龄学生的问题值得关注和研究。就目前来说，考前有针对性的指导，甚至必要的“实战演习”都不为过。

既然是考试，就不能不问结果，采取最有效的方法提高考试的通过率是我们的任务。随着中蒙两国在政治、经济、文化方面交流、合作的不断加强，相信 HSK 考试一定会帮助更多的蒙古学生在求学、就业方面取得成功。我们都渴望通过大家的共同努力，寻求到更科学的方法让更多学生愉快地通过考试，取得理想的成绩。

耽于日常教学，匆促之间，所思所想未及成文。以上仅就一点感受做简要发言，还望得诸位专家的灼见。

参考文献：

北京语言大学汉语水平考试中心（1995）《中国汉语水平考试大纲》，北京：北京语言文化大学出版社。

赵金铭主编（2004）《对外汉语教学概论》，北京：商务印书馆。

此文 2011 年 3 月入选“蒙古国第三届汉语水平考试 HSK 国际研讨会”论文集

新旧汉语水平考试（HSK）的对比分析

朝格吉勒玛[①]、刘丽颖

摘　要：无论是新的还是旧的汉语水平考试（以下简称 HSK），都是为测量母语非汉语者（包括外国人、华侨和中国国内少数民族学员）的汉语水平而设立的国家级标准化考试，而新的 HSK 针对海外汉语教学，面向普通汉语学习者、非来华汉语学习者，在原有考试基础上，取长补短，更具科学性。通过对二者的对比分析，能有针对性地指导考生应试，同时也可更有效地提高教学质量。

关键词：旧 HSK；新 HSK；对比分析

① 朝格吉勒玛，蒙古国立教育大学外语学院院长，语言学博士，副教授。

新 HSK 是国家汉办组织中外汉语教学、语言学、心理学和教育测量学等领域的专家，充分调查、了解海外汉语教学实际情况，考虑了普通汉语学习者和专业汉语学习者、来华汉语学习者和非来华汉语学习者的差异，在吸收原有 HSK 的优点，借鉴近年来国际语言测试研究最新成果的基础上，以《国际汉语能力标准》为依据，推出的一项国际汉语能力标准化考试。它遵循“考教结合”的原则，目的是“以考促教”，“以考促学”，它不仅关注评价的客观性、准确性，关注考生的现有水平，而且重视鼓励考生的策略，重视怎样进一步提高、发展考生的汉语能力。

蒙古国立教育大学是蒙古国唯一一个汉语水平考试考点，2010 年 5 月的考试，使用了新HSK四（H41003）、五（H51003）、六（H61003）级笔试试题；2010 年 10 月的考试，使用了一至六套（H11009、H21009、H31007、H41007、H51007、H61007）全部笔试试题。考生反馈，试题很简单，个别学生反映似乎没有发挥出自己的最高水平。但总体来看，新试题关注了不同年级和水平所有参考学生的情况，让更多的学生从学习和考试中提高兴趣，增强信心。

与旧的 HSK 相比较，新 HSK 有很多鲜明的特点：

第一，新 HSK 重点考查汉语非第一语言的考生在学习、生活和工作中运用汉语进行交际的能力，其笔试和口试是相互独立的。笔试分为一至六级，其中听力试题的数量等于或超过了阅读部分，听力部分所占的比重有所增加。口试则分为初、中、高三级。其中笔试一、二级对应初级口语；三、四级对应中级口语；五、六级对应高级口语。试题切合生活实际，针对不同年龄层次和学习背景的学生设计试题，覆盖面广，实用性强。

第二，新 HSK 的考试大纲中明确了各级别所需的词汇量。一级 150，二级 300，三级 600，四级 1200，五级 2500，六级 5000 及以上。这样，考试目标明确，就可以使应试者更有针对性地学习，同时也能检验不同阶段学习者的学习成果。

第三，一改以往手绘图片，增加了新颖、有趣的实景摄影照片，帮助考生在愉悦的氛围里做题，同时也增强了实用性和直观性。据统计，一级试题中有图片 44 幅；二级试题中有图片 29 幅；三级试题中有图片 11 幅；四级试题中有图片 6 幅；五级试题中有图片 6 幅；六级试题中有图片 7 幅。可以看出，这些图片都是经过精心挑选的，不但在推广中国文化元素、展现中国当代气息及良好精神面貌方面可以起到积极作用，某种程度上，还可以缓解阅读大量汉字的视觉疲劳，舒缓紧张情绪，更可以让考生联系生活场景，享受考试的乐趣，增加继续学习汉语的信心。

第四，在一级、二级试题上标注拼音，降低汉字认读难度，使初学者跨越障碍，顺利攻关。

第五，明确考试用途。新 HSK 延续原有 HSK 一般（或通用）汉语能力考试的定位，面向成人汉语学习者。新 HSK 保持了原 HSK 的功用性，其成绩仍然可作为来华留学和企业用人的重要依据。其成绩可以满足多元需求：

1. 为院校招生、分班授课、课程免修、学分授予提供参考依据。

2. 为用人机构录用、培训、晋升工作人员提供参考依据。

3. 为汉语学习者了解、提高自己的汉语应用能力提供参考依据。

4. 为相关汉语教学单位、培训机构评价教学或培训成效提供参考依据。

第六，考生在考试结束后 3 周内获得成绩报告。新 HSK 报告考试分数，不按分数设定等级。HSK 一级、HSK 二级设合格分数线，其他等级只报告分数。

下面，列表就新旧 HSK 的题型、难易程度等做比较分析：

一、新旧考试等级的对应情况大致如下：

表 1

旧 HSK	新 HSK
基础	一、二级
初中等	三、四、五级
高等	六级

也就是说，新 HSK 更加细致地划分了不同的考试等级，将原来的基础和初中等分为 5 个层级，考试的对象更为明确。

二、考试题型比较：

表 2

	听力（理解）	语法结构	书写	阅读（理解）	综合填空	综合表达	主观性考试（作文＋口试）
基础	＋	＋		＋			
初中等	＋	＋		＋	＋		
高等	＋			＋		＋	＋
一级	＋			＋			
二级	＋			＋			
三级	＋		＋	＋			
四级	＋		＋	＋			
五级	＋		＋	＋			
六级	＋		＋	＋			

从表格中大略可知，新 HSK 的题型更为简明、概括，而内容并不缺失，所谓“无有而无不有”。新旧 HSK 同样关注听力和阅读的测试；“语法结构”不再单独设题考试，将对语法的检测寓于对听、读、写、说的考查中，体现出主要培养学生运用汉语进行实际交际能力的主旨；“综合填空”、“综合表达”以及“主

观性考试”（新 HSK 口试单独设题）的“作文”部分由新 HSK 中的“书写”代替，这部分试题需要考生亲自动笔完成，而非单纯地做出选择，对提高考试效度有较大贡献。同时，题意更为清晰、明确，也将汉字书写的重要性凸显出来。下面通过表格即可对比出新 HSK 对书写能力考核的加强：

表 3

	书写						综合填空	阅读理解	综合表达	主观性考试	合计	
	组句	填字	看图写句	用词作文	看图作文	作文	汉字填空	请写出正确答案	汉字填空	作文	题目数	书写汉字数
初中等							16				16	16
高等								15	10	1	26	470–670 个左右
三级	5	5									10	47 个左右
四级	10		5								15	150 个左右
五级	8			1	1						10	250 个左右
六级						1					1	500 个左右

据统计，旧 HSK 试题中，初中等试题中涉及汉字书写的只有“综合填空”中“汉字填空”一项，共 16 题，占全部题量（170）的 9%，所写汉字仅为 16 字；高等试题中涉及汉字书写的“阅读理解”之“请写出正确答案”和“综合表达”之“汉字填空”以及“主观性考试”中的“作文”（30 分钟，400–600 字）共 25+1 题，占全部试题（120）的 20% 左右，所写汉字大概有 470 到 670 个字。新 HSK 三级书写试题题量虽然不多，但所写汉字大概有 47 个；新 HSK 四级所写汉字大概有 150 个左右；新 HSK 五级所写汉字大概有 250 个左右；新 HSK 六级书写虽然只有一题，但时间为 45 分钟，比旧题多 15 分钟，所写汉字有 500

个字左右。可见，汉字书写是汉语学习中的重要一环，其优劣也是检验学生学习成果的重要标准。

新 HSK 在题型设计上避免考查语言知识、应试能力，使考试成绩反映汉语教学水平，反映考生实际运用汉语进行交际的能力。新 HSK 摒除了反映应试能力的题型，如 HSK（高等）快速阅读部分，将对考生阅读速度的考查寓于整个阅读部分。语言能力和思维能力是紧密相关的，但又有所区别。新 HSK 在中低等级考试题型的设计上，关注对语言能力的考查，弱化对思维能力的考查，如提供一段语料，再以句子的形式提供一个新的描述信息，要求考生判断两者是否一致。关注理解能力，基本不涉及或尽量少涉及对考生分析、概括、演绎、推理等思维能力的考查。值得注意的是，一些试题可以间接地检验学生对中国历史、文化和习俗的掌握，这方面涉猎较多的学生，可以顺利并准确地获取正确答案。比如，听力试题中涉及中医针灸、成语故事、京剧、传统节日七夕等内容。平时对其有所接触和了解的考生，会很快找到正确答案。而五、六级考题对网络、经济等热门话题多有关注，也是符合考生们的普遍心理的。这也说明我们的汉语教学不单单是要教授语言，还要进行文化的宣传和推广。

三、难易程度比较：

表 4

	词汇量	试题量	试题页数	时间安排（分钟）
基础	400–3000	140	20	130
初中等	2000–5000	170	19	140
高等	5000–8000	120+2	20+2	110+50
一级	150	40	9	32（40）
二级	300	60	12	47（55）
三级	600	80	13	80（90）
四级	1200	100	15	95（105）

（续表）

	词汇量	试题量	试题页数	时间安排（分钟）
五级	2500	100	16	115（125）
六级	5000（+）	100 + 1	17+1	130（140）

2009 年、2010 年的 5 月和 10 月，我作为主考教师，先后 4 次参与 HSK 考试。在旧 HSK 考试过程中，一些基础的考生是只有六、七岁的小学生。要他们在考场一坐就是 130 分钟，的确很有难度，考试中间不免要由监考人员陪同个别学生去卫生间。一些初学者，基础还不够坚实，140 个题对他们有如天书，坚持到考试结束也是勉为其难。而且，还有一些试题内容并不适合所有年龄段的考生，不只是一些有关成人社会的考题小学生无法理解，就连一些具体繁复的考试要求让他们在短时间内领会并帮助和指导其参加考试也是有困难的。这就容易造成一些学生本来实际运用汉语的能力很强，但因为年龄以及由此决定的理解水平的局限，成绩不够理想，影响了部分学生的学习热情。新 HSK 采取分级考试的方式，以上问题很容易就得到了解决。新 HSK 针对不同学习阶段的学生分级设计试题，让学生有循序渐进，渐入佳境的感觉。学习汉语成了不断战胜自己、不断攀登高峰的试金石。这种不淘汰，只鼓励的考试，让学生犹如拾级登山，步步升高，增强了自信，也培养了浓厚的学习兴趣。

比较新旧考试，无论在时间、题量上，新 HSK 均比旧 HSK 似乎要简单一些。从表 4 中所列词汇量来看，似乎新旧考试相差悬殊，难道真的是用降低难度来迎合考生吗？事实上，新 HSK 的词汇表更经济，更实用，更高效。正如《新汉语水平考试（HSK）研制报告》一文中所举例子，旧 HSK 收词有：爱、饭馆、饭店、商店、天、喜欢、喜爱、星期、星期天等，相对于这些词，新 HSK 只收了：爱、饭馆、商店、天、喜欢、星期等。可见，后者的词汇数量虽然减少了，但“含金量”没有降低。同样，新考试的题型也更为简明、科学、有效，就是说新 HSK 的考生，并不比旧 HSK 的考生低能。

2010 年 11 月初，汉办请各位汉语教师对所教授的学生进行试考，协助测试新 HSK 考试的效度。我先后在一年级（学习汉语两个半月）和二年级（学习汉语时间为一年零两个月）学生中分别进行了新 HSK 一级、二级和三级测试，满分 100 分（不包括听力部分）。一级试题测试 40 位一年级学生，平均分为 64.8 分；一级试题测试 39 位二年级学生，平均分为 92.3 分；二级试题测试 40 位二年级学生，平均分为 83.9 分；三级试题测试 43 位二年级学生，平均分为 77.8 分。测试结果与教师掌握的学生学习程度基本吻合，平时学习好的学生一定是高分，平时学习成绩相对较低的，测试结果也是低分。然而，通过考试，再经过老师的细致讲解和分析，无论是什么程度的学生，对自己的汉语学习都增强了信心，觉得只要努力，下一步定能取得更好的成绩。从中可见，新 HSK 在考试信度及考试效度上都有进一步的提高和加强。

新 HSK 制定明确的考试目标，探索提高汉语学习效率的新途径，考教结合，将对未来国际汉语教学及教材编写等方面产生积极的影响。

参考文献：

解读新汉语水平考试（HSK），《孔子学院》2010 年第 4 期。

新汉语考试简介，《孔子学院》2010 年第 5 期。

张晋军、解妮妮、王世华、李亚男、张铁英（2010）新汉语水平考试（HSK）研制报告，《中国考试》第 9 期。

此文 2011 年 3 月入选“蒙古国第三届汉语水平考试 HSK 国际研讨会”论文集

后　记

自己的这点文字终于要出版了。

坐在案前，深愧作为一个再平凡不过的小女子，有何德能竟得这么多师长的厚爱！是他们的关心、扶持和帮助，促我回顾、忆想，一步步将零碎的方块字累积成篇，最终付梓印刷。

第一个给我鼓励的是吴新英老师。在完成驻蒙使馆文化参赞的工作回国之后，她仍回到北京大学外国语学院工作，依然十分繁忙。几次电话，我已吃过晚饭，她却仍在回家的路上。即便如此，她还是热情地给我这个曾经的“部下”很多有益的建议和指导，并欣然应允提笔作序。

文章基本成形之后，我怀着几许忐忑，将稿子寄给很多领导、老师审阅，这里不一一细数，他们都给我诸多鼓励和建议，为文章做了总体的把握和定位，让我少了许多顾虑，内心的感动无以复加。

还要感谢抚顺师专的领导、同事对我任教蒙古国的支持和鼓励。

蒙古行前和归来，均有幸得中国书协副主席聂成文先生书红宣纸四字中堂相赠，分别是：

远游托福。款文；丽颖即将赴蒙古国任教，施展才华，播送友谊。行前特书此四字以表祝福之意。赤子远游，岂忘乡梓之情，他乡珍重，尽系友朋关切。二零零九年元月廿日于沈水高高堂。

游畅欣归。款字：丽颖由蒙古国任教期满，喜归故土，特书此四字以为迎祝。庚寅腊月。

是啊，满载丰盈如许的祝福和关怀，我的内心怎能不欣喜畅快呢！尽将赤子之心，托付给这本小册子，呈给所有赐我鼓励和帮助的领导和师友，也算一点小小的回报吧。不成敬意。

2011 年 12 月

刘丽颖于日妍堂